약봉 서성과 어머니

교과연계
초등국어 6학년 1학기 9단원 책을 읽고 생각을 넓혀요
초등국어 6학년 2학기 8단원 작품으로 경험하기
초등사회 5학년 2학기 1단원 옛사람들의 삶과 문화
중등도덕 1학년 1단원 도덕적 주체로서의 나(천재)
중등국어 2학년 6단원 깊고 넓은 이해(비상)
중등국어 3학년 4단원 문학, 시대의 돋보기(천재교육)

청소년 권장 도서 시리즈 14
약봉 서성과 어머니

2023년 12월 27일 초판 1쇄

글 한상식 그림 최정인
펴낸이 김숙분 디자인 김은혜·김바라 홍보 · 마케팅 최태수
펴낸 곳 (주)도서출판 가문비 출판등록 제 300-2005-60호
주소 (06732) 서울 서초구 서운로 19, 1711호(서초동, 서초월드오피스텔)
전화 02)587-4244~5 팩스 02)587-4246 이메일 gamoonbee21@naver.com
홈페이지 www.gamoonbee.com 블로그 blog.naver.com/gamoonbee21/
제조국 대한민국 사용 연령 10세 이상
주의 사항 종이에 베이거나 긁히지 않게 조심하세요.

ISBN 978-89-6902-660-6 43810

• 이 책은 문화체육관광부, 한국장애인문화예술원의 후원을 받아 2023년 장애예술 활성화 지원사업의 일환으로 발간되었습니다.
후원 : 문화체육관광부 한국장애인문화예술원 Korea Disability Arts & Culture Center

약봉 서생과 어머니

한상식 글 • 최정인 그림

작가의 말

신사임당 하면 무엇을 떠올리나요?

아마 율곡 이이와 현모양처라는 것을 떠올릴 것입니다.

그리고, 조선시대에는 많은 현모양처가 있다는 것도 알게 됩니다.

저는 이 책에서 다른 분들과 좀 다른 현모양처를 소개하려고 합니다.

시각장애가 있어 일반 사람과 다른 삶을 사신 분이지만,

우리에게 친숙한 약밥과 약술, 수정과 등의 음식을 만든 분입니다.

그래서 사람들은 그를 약밥 부인이라고 불렀지요.

아, 아시겠다고요? 그런데 자세히는 모르시겠다고요?

그러면 이 책을 한번 읽어 보세요.

이 책 속에 약봉 서성의 시각장애인 어머니인 이금옥의 사랑과 슬픔, 아들 서성을 향한 마음이 오롯이 그려져 있습니다.

약봉 서성 이후 수많은 과거 급제자가 나온 달성 서씨의 가문 뒤에는, 시각장애인 어머니이자 현모양처인 이금옥이 있습니다.

우리는 살면서 종종 어려움을 겪게 됩니다.

그때마다 이 책 속의 약밥 부인을 떠올리며 용기를 얻기 바랍니다.

한상식

등장인물

금옥이

어릴 적 하인이 부자탕을 세숫물로 착각해
그것으로 세수시키는 바람에 눈이 멀었다.
그러나 서해와 혼인 후 아픈 남편을 위해
약밥과 약과 등을 만들었다. 아들 서성을 낳았다.

서해

학문이 뛰어난 가난한 선비였다.
첫날밤 금옥이가 시각장애인인 걸 알지만,
고운 마음씨에 반해 혼인한다.
후일, 아내(금옥이)의 극진한 간호에도
폐병을 앓고 그만 죽고 만다.

성이

금옥이와 서해 사이에 태어난 아들이다.
어머니를 위해 열심히 공부하고 효심도 지극하다.
과거에 급제해 벼슬길에 오르나, 모함 받아 유배를 간다.
임진왜란 때는 피난길에도 왕을 보필하고 광해군과 함께
왜군을 물리치기 위해 동분서주한다.

원서

금옥이 집의 하인이자 양인이었다.
늘 책을 읽고 무예도 뛰어났지만, 금옥이 집에
있는 것이 좋다며 묵묵히 자기 일을 한다.
나중에 여이와 혼인한다.

여이

금옥이 집의 하인이다.
집안일을 도맡아 한다. 차분하고 침착한 성격이다.
나중에 원서와 혼인한다.

월아

금옥이 집의 하인이다.
여이와 함께 집안일과 금옥이의 일을 돕는다.
단아한 성품이다. 나중에 장원 급제한 선비와 혼인한다.

홍이아범

금옥이 집의 하인이다. 음식의 맛을 아주 잘 본다.
약밥과 약과 등을 만들 때 많은 도움을 준다.

차례

1. 중매쟁이의 말 … 11

2. 첫날밤의 약속 … 21

3. 못 지킨 약속 … 29

4. 한양으로 떠나다 … 39

5. 약밥과 약과 … 48

6. 율곡 선생을 만나다 … 56

7. 성이의 각오 … 67

8. 성이의 과거 급제 … 77

9. 착한 일을 하는 사람이 되어라 … 86

10. 임진왜란 … 96

11. 귀양 … 109

12. 서해를 만나러 가는 길 … 121

1. 중매쟁이의 말

“삐르르, 삐르르~.”

금옥이가 햇살 가득한 마루에 앉아 종달새 소리를 듣고 있습니다. 종달새 소리 속에는 향기로운 꽃향기와 감미로운 봄바람이 흐르고 있습니다. 집 뒤란에서 날아온 노란 나비가 댓돌에 앉아 날개를 접었다, 폈다 하다가 금옥이의 어깨로 살며시 옮겨 앉습니다. 하지만 금옥이는 나비가 제 어깨에 앉는 것을 알지 못합니다.

그때 부엌에서 나온 월아가 다가옵니다.

“어머나! 아가씨의 어깨에 노란 나비가 앉아 있어요.”

"정말?"

"네, 아가씨가 꽃 같아서 찾아왔나 봐요?"

"하하하, 넌 어찌 그리 농담을 잘하니? 그런데, 이젠 정말 봄인 것 같구나."

"그럼요. 내일이 청명[1]인걸요. 홍이 아범과 손이 아범도 논갈이하러 갔어요. 그런데 아가씨……."

"왜 그러느냐?"

"청명에는 왜 찬 음식을 먹나요? 아침저녁으로는 아직 날씨가 찬데요."

"아, 그건 말이다. 춘추전국시대[2]에 살던 개자추라는 사람을 기리는 날이어서 그렇단다. 개자추는 진나라 문공이 망명 생활을 할 때 그를 극진히 모셨단다. 그런데 후에 문공이 왕위에 오르자 그만 개자추를 등용하지 않았어. 이것에 실망한 개자추는 어머니와 함께 깊은 산속에 들어가 살았는데, 나중에 이 소식을 들은 문공이 산 아래까지 찾아와 그를 애타게 불러도 나오

---

1) 청명: 춘분과 곡우 사이에 있는 24절기의 하나. 양력 4월 5일이며 한식이라고도 한다.

2) 중국 고대 역사 시대. BC 770년, 주나라가 호경에서 낙읍으로 옮긴 후부터 진나라가 221년 중국을 통일하기까지를 일컫는다. 춘추시대는 공자가 쓴 역사서 <춘추>의 이름에서 따왔다.

지 않았지. 그래서 문공은 간신의 말을 듣고 산에 불을 질렀지. 효자인 개자추가 어머니를 데리고 내려올 줄 알고. 그러나 개자추는 끝내 산에서 내려오지 않았단다."

금옥이의 말에 월아가 놀라는 얼굴을 했습니다.

"그래서 어떻게 되었어요?"

"결국 나무를 부둥켜안고 불에 타 죽었단다. 나무껍질 속에 피로 쓴 편지를 두고."

"피로 쓴 편지라고요?"

"응, 그 편지 속에는 백성들에게 사랑받는 왕이 되는 법이 적혀 있었단다. 감동한 문공은 그 후 개자추가 죽은 날마다 찬밥을 먹으며 그를 그리워했고 백성들에게도 그날은 불을 피우지 못하게 했지."

"청명에 그런 슬픈 이야기가 숨어 있는 줄 미처 몰랐어요."

"그래, 나도 어릴 적 아버님에게 듣고 알았단다."

둘이 대화를 나누고 있을 때, 여이가 들어왔습니다.

"아가씨."

"여이구나. 어디 갔다 오는 거니?"

"홍이 아범과 손이 아범 따라 논에 다녀왔어요. 그런데 문 열린 사랑채를 지나오는데, 대감님이 오셔서 마님과 무슨 이야기를 나누고 계시던데요?"

"당숙[3]과 당숙모[4]께서? 무슨 이야기를 나누시지?"

금옥이는 여이의 말에 살포시 궁금증이 일었습니다. 금옥이는 어려서 부모님이 돌아가셨기 때문에 당숙과 당숙모가 자주 오셔서 돌봐주었습니다. 금옥이에겐 두 분은 부모님과 마찬가지였습니다.

그때 사랑채에선 당숙과 당숙모의 이야기가 무르익고 있었습니다.

"이제 금옥이의 나이도 열여섯이에요."

당숙모의 말에 당숙이 걱정 어린 표정을 지었습니다.

"그러게요. 어서 마땅한 혼처를 찾아야 할 텐데……. 아, 퇴계(이황) 선생을 한번 찾아가 봐야겠소."

"퇴계 선생은 왜요?"

"제자 중에 좋은 신랑감이 있을 것 같아 그러오."

---

3) 당숙: 아버지의 사촌 형제.

4) 당숙모: 아버지 사촌 형제의 아내.

"퇴계 선생의 제자라면 믿을 수 있지요. 그중에 금옥이의 신랑감이 있다면 정말 좋을 텐데요."

"도산서당[5]에 가 봐야겠소."

"지금요?"

"그렇소. 쇠뿔도 단김에 빼라고 하지 않았소."

당숙은 서둘러 옷을 차려입고 길을 나섰습니다. 골목을 빠져나와 강에 놓인 돌다리를 건너고 들길을 지나, 호젓한 산길을 걸었습니다. 당숙은 퇴계 선생의 제자 중 금옥이의 신랑감이 있길 마음속으로 빌었습니다. 작은 언덕 몇 개를 넘고 정겨운 마을들을 뒤로하니, 어느새 해가 서산 너머로 뉘엿뉘엿 기울고 있었습니다.

도산서당은 강을 앞에 두고 산을 등진 채 우뚝 서 있습니다. 당숙이 도산서당 대문에 이르러 '이리 오너라~.' 하며 사람을 부르자, 하인이 종종걸음을 치며 나왔습니다.

"퇴계 선생께서 안에 계신가?"

5) 도산서당: 고향으로 내려간 퇴계 이황이 학문을 하며 제자들을 가르치기 위해 직접 세운 서당.

"예, 계십니다. 제가 가서 여쭙겠습니다."

하인은 얼른 퇴계 선생에게 달려갔습니다.

"대감마님, 안서마을 이 대감께서 오셨습니다."

"이 대감께서 웬일로……. 어서 들라 해라."

퇴계 선생의 대답에 하인은 당숙을 퇴계 선생 방으로 안내했습니다.

"이 대감 어서 오시오. 참 오랜만에 뵙소이다."

"허허허, 미안하오. 자주 못 와서. 오늘은 긴히 의논 들릴 일이 있어서 왔소."

"의논이라니요?"

"제 조카의 혼사 때문이오. 퇴계 선생의 제자 중에 좋은 신랑감이 있으면 소개해 주실 수 있나 하고……."

"조카라면 청풍 군수를 지낸 이고의 딸을 말하는 것이오?"

"그렇소, 올해 열여섯이오. 한데 어릴 때 여종이 약으로 쓰려고 달여 놓은 부자탕[6]으로 얼굴을 씻기는 바람에 그만 두 눈이 멀었소. 부모마저 일찍 여의어 보기가 너무 딱하오."

---

6) 부자탕: 바꽃의 어린뿌리를 끓여 만든 약. 사약(死藥)으로도 사용되었다.

퇴계 선생이 차를 마시며 잠시 생각에 잠기더니 이윽고 말했습니다.

"생각나는 제자가 있긴 한데……."

"그게 누구요?"

"서해라오."

"서해라면 예조참의[7]를 지낸 서고의 아들 아니요?"

"그렇소. 허나 부친이 청백리[8]여서 너무 가난한 것이 탈이오. 하지만 학식과 인품은 그 누구보다 훌륭하오."

"서해를 조카의 배필로 삼고 싶소. 당장 중매쟁이를 놓아 일을 성사시키도록 해 봅시다."

당숙과 퇴계 선생은 다음 날부터 중매쟁이를 놓아 이 집 저 집을 다니며 참한 규수가 있다고 떠들게 했습니다. 입담 좋은 중매쟁이의 말에 사람들이 솔깃해합니다. 마침내 중매쟁이가 서해의 초가집에도 들렀습니다.

"마님 댁에도 장가들 아들이 있지요?"

"그렇긴 하네만."

---

7) 예조참의: 조선 시대, 예조에 종사하던 종삼품 벼슬.

8) 청백리: 성품과 행실이 올바르고 물질을 탐하는 마음이 없는 관리.

중매쟁이의 물음에 서해의 어머니가 관심을 보였습니다.

"제가 달맞이꽃같이 참한 규수를 알고 있답니다. 음식은 물론 바느질도 잘하고 마음씨도 무척 곱답니다."

"그런 참한 규수가 어디 있는가? 우리 아들 장가들게 소개 좀 해 주시게."

서해의 어머니가 중매쟁이의 손을 덥석 잡고 부탁합니다.

"그런데 좀 먼 것이 흠입니다요. 그것도 아주 아주 캄캄하게 멉니다요."

"그건 상관없네, 명나라도 아니고 이 조선 천지에서 멀어봐야 얼마나 멀까. 내가 기어서라도 가겠네."

"먼 것이, 거리가 먼 것이 아닌데……. 흠흠."

중매쟁이는 혼잣말하며 슬쩍 서해 어머니의 눈치를 보았습니다. 서해의 어머니는 그저 환하게 웃고 있을 뿐이었습니다.

2. 첫날밤의 맹세

당숙과 퇴계 선생의 계획대로 금옥이와 서해의 혼사가 성사되었습니다. 혼사가 성사되자 곧 혼례 준비도 시작되었습니다. 함[9]도 들어왔습니다. 함이 들어온 날에는 온 동네가 '함 사세요~.' 하는 소리로 떠들썩했습니다. 모두 즐거워 얼굴마다 웃음이 가득했습니다. 얼씨구! 하며 어깨춤을 추는 사람도 있었습니다. 그러나 금옥이의 표정은 불 꺼진 아궁이처럼 어두웠습니다.

"아가씨, 얼굴이 왜 그리 어두우세요?"

---

9) 함: 혼례를 앞두고 신랑집에서 신붓집으로 채단과 혼서지(婚書紙)를 담아 보내는 상자

여이가 금옥이의 곁으로 다가가며 물었습니다.

"혼례 때문에 마음이 심란하구나. 내가 앞을 못 보는데, 혼례라니……."

금옥이의 한숨 소리가 깊어지자 부자탕으로 얼굴을 씻겼던 여종 여울 댁이 안절부절못합니다.

"모두 제 탓입니다요. 꽃 같은 우리 아가씨가 나 때문에. 흑흑……."

"다 지난 일인데 왜 그러나? 여울 댁은 나에게 어머니 같은 사람이야."

"제가 어찌 아가씨 같은 분께……."

금옥이는 손을 더듬어 여울 댁의 어깨를 살며시 감싸 안았습니다. 엷게 흔들리던 여울 댁의 어깨가 금옥이의 품속에서 스르르 녹아들었습니다. 촛불에 어린 금옥이와 여울 댁의 모습은 큰 그림자로 일렁거렸습니다.

혼례 날짜가 다가오자, 노비들은 집 안 구석구석을 깨끗이 청소하고 방문마다 새 종이를 바르느라 정신이 없었습니다. 마루는 물론 마당도 깨끗하게 쓸고 닦았습니다. 당숙도 솜씨 좋은 일꾼들을 불러 뒤란 담과 솟을대문을 손보았습니다.

여종들은 혼례복을 만들었습니다. 가슴과 등엔 연꽃과 모란을 예쁘게 수놓고, 소매에는 색동도 넣었습니다. 한 땀 한 땀 정성 들여 곱게 수놓아진 혼례복은 무지개처럼 아름다웠습니다.

"이봐. 수 잘 놓아졌지?"

"응, 자넨 어찌 이리 수를 잘 놓아? 나도 배우고 싶네."

두 사람의 말에 금옥이는 슬며시 궁금증이 일었습니다. 그러나 이내 고개를 돌리며 애써 그것을 외면했습니다. 금옥이의 다리가 저려올 때쯤, 덜커덩 문 열리는 소리가 들리더니 여이가 금옥이를 불렀습니다.

"아가씨, 아가씨 원서가 왔어요."

원서는 어릴 적부터 금옥이와 함께 지내 서로 잘 통합니다. 비록 노비이지만 몸가짐이 단정하고 글도 깨우쳤습니다. 무예도 뛰어났습니다.

원서라는 말에 금옥이의 얼굴이 금세 환해집니다.

"아가씨, 저 왔어요."

"왜 이제 왔느냐? 얼마나 기다렸는데……."

"논갈이를 끝내고 오느라 늦었습니다."

"이제 임청각[10]의 일은 홍이 아범에게 맡겨라. 알겠느냐?"

"네에, 아가씨. 콜록!"

"왜 기침을 하느냐? 목소리도 쉰 것 같은데?"

"괜찮습니다……. 새벽에 길을 나서서 그런가 봅니다."

"어서 가서 쉬어라. 여이야, 원서 밥 챙겨 주어라."

"네, 아가씨."

여이가 숙인 허리를 펴자, 원서도 따라 고개를 듭니다. 중문을 나서는 여이의 뒤를 따라가는 원서의 걸음에 설렘이 묻어 있습니다. 허리춤까지 내려온 여이의 댕기가 달랑거립니다. 마치 시계추 같습니다. 원서가 성큼성큼 걸어 여이와 어깨를 나란히 합니다. 덩달아 그림자도 서로 나란해집니다. 원서는 이 나란함이 마냥 좋아 여이의 눈치를 흘깃 살핍니다.

당숙모는 혼례식을 앞둔 금옥이가 불안해하자 위로합니다.

"금옥아, 너무 걱정하지 말 거라. 인연이면 잘 될 것이다."

"네, 당숙 어머니……."

---

10) 임청각: 경상북도 안동시 법흥동에 있는 조선 중기의 별당 건물. 금옥이의 아버지인 이명이 1515년(중종 10년)에 건립한 주택

드디어 혼례 날이 다가왔습니다. 즐거운 집안 분위기와는 달리 걱정으로 며칠간 잠 못 이룬 금옥이가 처진 어깨를 앞세우고 혼례상이 차려진 마당으로 나옵니다. 여느 신부들처럼 볼에 연지곤지를 찍고 예쁜 혼례복도 입었습니다. 신랑 서해가 그 모습을 보고 얼굴 가득 행복한 미소를 짓습니다.

교배례[11]와 서천지례[12], 합근례[13] 등이 끝나고 신랑 신부가 부모님께 인사를 합니다.

혼례식을 지켜본 사람들의 얼굴에 기쁨과 걱정이 엇갈립니다.

이윽고 밤이 되어 신랑과 신부가 첫날밤을 맞았습니다. 촛불 아래 신랑과 신부 앞에는 작은 술상이 차려져 있습니다. 금옥이가 상을 더듬으며 술병과 술잔을 찾을 때였습니다. 이상한 느낌이 든 서해가 금옥이가 술을 따르려는 찰나, 술잔을 손으로 덮어 버립니다. 하지만 금옥이는 이 사실을 모르고 술을 따릅니다.

술이 상에 조르르 쏟아집니다.

"혹, 앞을 보지 못하는 것이오?"

---

11) 교배례: 전통 혼례식에서, 초례상 앞에서 신랑과 신부가 절을 주고받는 절차.

12) 서천지례: 주례 선생님, 상 앞에서 함께 큰절하는 것.

13) 합근례: 신랑과 신부가 술잔에 담긴 술을 나누어 마시는 것.

놀란 서해가 금옥이를 다그칩니다.

"그, 그렇습니다."

"왜 날 속인 것이오?"

"죄, 죄송합니다. 당숙께서 부모가 없는 저를 불쌍히 여겨 혼인 시키시려고……."

"아무리 그래도 어찌 이런 일을……."

서해는 허탈한 표정을 지으며 금옥이를 바라봅니다. 그런데 떨고 있는 금옥이의 모습이 비에 젖은 아기새처럼 애처롭습니다. 서해는 갑자기 금옥이가 가엾게 느껴집니다.

"아까 부모가 없다고 하셨는데, 그것이 무슨 말이오?"

"제가 어릴 적에 두 분 모두 돌아가셨습니다."

"나도 어릴 적에 부친이 돌아가셔서 힘들었소. 그런데 그대는 두 분 다 돌아가셨다 하니 많이 힘들었겠소."

금옥이의 말에 서해가 금옥이의 마음을 헤아려봅니다.

"저를 받아 주신다면, 마당을 더듬어 풀을 뽑고, 무릎과 손이 닳도록 마루를 닦으며 한평생 선비님을 위해 살겠습니다. 그러나 저를 받아들이지 않는다면 저는 여기서 죽을 수밖에 없습니다."

금옥이의 진심 어린 말에 서해는 그만 마음이 흔들리고 맙니다.

“죽, 죽다니요? 그런 말씀 마시오. 그대는 귀한 사람이오.”

“제가 어찌 귀한 사람인가요? 이렇게 앞을 못 보는데…….”

“그러니 귀한 사람이지요? 앞을 못 보는 사람이 나를 위해 그렇게 희생하겠다는 것이……. 나도 흠이 있는 사람이오. 우리가 이렇게 만난 것도 인연이 아니겠소? 내가 당신의 눈이 되어 드리리다.”

“저, 정말이십니까, 선비님?”

“그렇소. 죽을 때까지 이 손을 놓지 않으리다.”

서해가 금옥이의 손을 잡으니 금옥이의 마음도 점점 안정을 되찾습니다. 금옥이와 서해의 맞잡은 손에 새싹 같은 사랑이 가만가만 움틉니다.

3. 못 지킨 약속

금옥이는 서해와 시어머니를 모시고 소호헌[14]에서 주로 생활했습니다. 소호헌은 살림집이 아닌 별당[15]이였으나 서해가 그곳에서 늘 공부하였기 때문에 머무는 시간이 많았습니다.

"서방님, 이것 좀 드셔 보세요."

금옥이가 노릇하게 구운 자반고등어 한 점을 떼어 서해의 밥그릇에 살짝 올려놓습니다. 그러나 서해는 왠지 내키지 않는 눈치입니다.

14) 소호헌: 경상북도 안동시 일직면 망호리에 있는 조선 중기의 별당건축. 보물 제475호.

15) 별당: 본채의 곁이나 뒤에 따로 떨어져 있는 집이나 방.

"어머니께서도 자반고등어를 좋아하셨는데……."

서해는 삼년상[16]을 치렀어도 여전히 어머니를 잊지 못합니다. 그것은 금옥이도 마찬가지입니다. 시어머니가 살아계셨을 때였습니다. 금옥이가 숯불에 자반고등어를 구워 밥상에 올리면, 시어머니는 가시를 발라 금옥이의 밥에 제일 먼저 올려놓았습니다.

"어서 먹어 보아라."

"어머니, 어머니가 먼저 드셔야지요."

"나도 먹고 있다. 그러니 너도 어서 먹어라."

"고맙습니다, 어머니."

"아니다. 오히려 내가 고맙다. 우리 모자가 이리 사는 것도 다 너 때문이 아니냐. 네가 못 보는 것 내가 보고, 내가 못 듣는 것 네가 잘 들으니 서로 부족한 것을 채워주면 될 것 아니냐."

금옥이의 귓가에 아직도 시어머니의 말씀이 들리는 듯합니다.

"서방님, 이제 삼년상을 다 치렀으니 어머니께서도 서방님이 잘 드시고 건강해지길 바라실 거예요."

"당신 말이 맞소."

16) 삼년상: 세 해 동안 상중에 있는 일.

금옥이의 말에 서해가 그제야 수저를 듭니다. 서해가 밥을 먹자 금옥이가 기뻐합니다.

이번에는 젓갈을 서해의 밥에 올려놓습니다. 간만에 금옥이와 서해의 얼굴에 생기가 돕니다.

그러던 어느 날이었습니다. 금옥이가 속이 메스껍다며 밥을 먹지 못했습니다. 가끔 입덧도 했습니다. 이것을 본 서해는 걱정이 되어 소이 댁에게 물었습니다. 소이 댁은 금옥이에게 이것저것을 묻더니 환한 미소를 띤 채 조심스럽게 말했습니다.

"제 생각에는 마님께서 임신하신 듯합니다요."

"임, 임신이라고 했느냐?"

"네, 그렇습니다요. 대감님. 빨리 의원을 불러 진맥을 해 보는 게 좋을 듯합니다요."

소이 댁의 제안에 서해는 여이를 불러 의원을 데려오라고 합니다.

급히 달려온 의원은 서둘러 진맥을 하고 제 일처럼 기뻐합니다.

"대감님, 마님이 회임을 하셨습니다."

"저, 정말인가?"

"네, 대감님. 허나 아직 초기라 조심하셔야 합니다."

서해는 기뻐서 어쩔 줄 몰라 합니다.

은하수를 건너려는 꿈 많은 귀뚜라미가 귀뚤귀뚤 울자, 가을이 깊어갔습니다. 그러더니 어느덧 처마 끝에 고드름이 얼고 눈도 내렸습니다. 그 사이 금옥이는 아이들이 만든 눈사람처럼 배가 불러왔습니다.

긴 겨울이 가고 봄이 깊어갈 즈음, 금옥이가 예쁜 아기를 낳았습니다.

아들이었습니다.

“대감님, 장군감입니다요. 눈도 참 고우시네요.”

산파가 아기를 서해에게 보여주었습니다.

“수고하셨소. 우리 식구가 다시 셋이 되었구려.”

서해가 아기와 금옥이를 번갈아 보며 흐뭇한 미소를 지었습니다. 서해는 아들의 이름을 ‘성’이라고 지었습니다. 성이는 나무처럼 무럭무럭 잘 자라났습니다.

서해의 몸은 점점 더 나빠졌습니다. 어쩌다 기침을 하면 입에서 가래와 함께 피가 배어 나왔습니다. 서해는 사람들 몰래 의원을 불렀습니다. 의원은 서해의 눈을 살핀 뒤 진맥을 하곤 어두운 표정을 지었습니다.

"왜 그러는가? 중(심한)한 병인가?"

"노채[17]입니다. 탕약을 써서 몸을 보호해야겠습니다. 병세가 너무 깊어서……."

"내 병은 비밀로 해 주게."

"네, 대감님. 제가 최선을 다해 탕약을 지어 올릴 터이니 꼭 나으셔야 합니다."

"고맙네. 자네의 정성을 잊지 않겠네."

금옥이가 의원이 다녀간 사실을 알고 서해에게 묻자, 서해는 별거 아니라며 손사래를 쳤습니다. 탕약도 의원이 몸이 좋아지라고 지어 준 것이라고 거짓말했습니다.

금옥이는 서해의 말만 믿고 정성껏 탕약을 달여 서해에게 주었습니다.

---

17) 노채: 말기에 이른 폐결핵.

하지만 서해는 좋아지기는커녕 밥도 잘 먹지 못해 나날이 야위어 갔습니다.

금옥이는 그런 서해의 입맛을 돋우어 보려고 찹쌀에 밤과 대추, 계피 등을 넣어 밥을 지었습니다. 구수한 밥이 지어지면 땅콩과 호두를 넣고 섞어 네모난 모양을 낸 뒤, 고명 얹듯 잣을 얹어 예쁜 꽃무늬도 만들었습니다. 또 찹쌀을 맷돌에 곱게 갈아 꿀을 넣고 동그랗게 만들어 기름에 튀겼습니다.

"이것이 무엇이오?"

금옥이가 만들어 온 것을 보고 서해가 물었습니다.

"서방님이 진지를 잘 드시지 못해 만들어 보았습니다. 드셔 보셔요."

서해가 한 입 먹어 보더니, 미소를 띤 채 말했습니다.

"으흠, 짠맛은 조금 줄이고 단맛을 더 내면 좋겠소. 그런데 이 음식의 이름이 무엇이오? 처음 먹어 보는 듯한데."

"아직 이름은 없습니다. 그저 서방님의 입맛을 돋우어 보려고 만들어 보았습니다."

"그러면 내가 이름을 한번 지어 보겠소."

"서방님께서 이름을 지으신다고요?"

"그렇소. 음……. 당신이 내 몸이 나으라는 뜻에서 만든 것이니, 약 같은 밥이오. 그러니 약밥이라 하면 어떻겠소? 또 이것은 과자 같으니 약과라고 합시다. 허허허."

"약밥과 약과라니, 참 좋은 이름 같습니다."

금옥이가 만족스러운 얼굴로 미소를 지었습니다. 마당에 쌓인 밝은 달빛에 서해의 눈가가 촉촉해집니다. 서해는 이제 자신의 생명이 얼마 남지 않았음을 짐작했습니다. 그래서인지 금옥이의 모습이 평소보다 애틋하게 보였습니다.

"서방님."

"왜 그러시오?"

"서방님께 청(부탁)이 있습니다."

"청이라니, 무슨 청이오?"

"저……. 한양 구경 한번 해 보고 싶습니다."

"한양 구경이라고요?"

뜻밖의 말에 서해가 어리둥절합니다.

"네, 어릴 적부터 한양 구경 가는 것이 소원이었습니다. 금강산도요.

저는 성이를 꼭 한양에서 교육시키고 싶습니다."

"좋소, 갑시다. 내 몸 좀 추스르고 우리 성이가 다섯 살 되면, 손잡고 한양도 가고 금강산도 갑시다."

"정말인가요? 서방님."

"그렇소. 약속하리다."

그러나 이듬해 늦가을, 서해는 병을 이기지 못하고 그만 하늘나라로 떠나고 말았습니다. 금옥이에게 성이를 부탁한다는 말을 남긴 채.

4. 한양으로 떠나다

"성아."

"네, 어머니."

서해의 삼년상을 마친 금옥이가 성이의 손을 가만히 잡아 봅니다. 따스한 체온이 손에서 손으로 전해집니다. 성이의 손을 잡으니, 금옥이는 서해가 자신의 손을 잡고 마지막으로 했던 말이 떠오릅니다.

"한양과 금강산을 구경시켜 준다는 약속을 지키지 못해 미안하오. 성이를 부탁하오. 먼저 가서 기다리겠소. 꼭 다시 만나 이 세상에서 못 나눈 사랑 나누며 삽시다."

마른 나뭇가지처럼 야윈 손에서 서해의 체온이 사라지던 날, 금옥이도 그만 서해를 따라가고 싶었습니다. 몇 날 며칠을 울고 또 울어도 슬픔은 가라앉지 않았습니다.

곁에 있던 성이가 금옥이의 손을 꼬옥 잡았습니다. 금옥이는 깜짝 놀라 나쁜 생각을 버리고 성이를 부둥켜안았습니다.

금옥이는 정신을 가다듬고 성이를 부탁한다는 서해의 마지막 말을 되새겼습니다. 꼬물거리는 성이의 따스한 손이 금옥이에게 용기를 주었습니다. 금옥이는 자신을 채찍질하며 성이를 잘 키우겠다고 다짐했습니다.

뜬눈으로 밤을 지새운 금옥이가 결심한 듯 방문을 열고 여이를 부릅니다.

"여이야."

"예, 마님."

우물에서 물을 긷던 여이가 종종걸음을 치며 달려왔습니다.

"오늘은 아침을 먹고 할 일이 있으니, 원서에게 일러 노비들을 모두 불러들여라."

"노비들을 모두요?"

"그래."

금옥이의 말에 여이는 무슨 나쁜 일이 생겼나 싶어 괜스레 걱정스러워집니다. 금옥이가 밥을 몇 술 뜨다 숟가락을 놓자, 여이도 그만 먹습니다. 햇살이 마당 가득 내려앉을 무렵, 원서가 노비들을 데리고 대문을 들어섭니다. 모두 얼굴이 어둡습니다.

"마님, 노비들을 데려왔습니다."

원서의 부름에 금옥이가 마루로 나옵니다.

"원서와 여이는 방에 있는 노비 문서를 마당으로 옮기거라."

"예? 노비 문서를 왜……."

노비 문서를 마당으로 옮기라는 말에 원서와 여이가 잠시 어리둥절해합니다.

노비들도 술렁이기 시작합니다.

"마님, 저희를 다른 곳에 보내시려고 그러십니까요? 저희가 무슨 잘못이라도 했는지……."

"자네들은 잘못한 것이 없네."

원서와 여이가 노비 문서를 마당에 내놓자 금옥이가 말합니다.

"원서야, 노비 문서에 불을 놓아라."

"예에? 마님, 그게 무슨 말씀인가요? 노비 문서를 태우면 마님은 재산을 잃는 것인데요."

"나도 알고 있다. 그러니 불을 놓으라는 거다."

금옥이의 호통에 원서는 어쩔 수 없이 노비 문서에 불을 놓습니다. 불은 이내 활활 타오릅니다.

"지금까지 고생이 많았네. 이제 자네들은 노비가 아닌 양인[18] 일세. 자유롭게 사시게."

"싫습니다요. 대대로 노비로 살아왔는데, 지금 양인이 된들 무얼 할 수 있겠습니까요? 가진 것이 없어 머지않아 또 노비가 될 게 분명한데……. 게다가 주인이라도 잘 못 만나면 어쩌고요."

"그런 걱정은 말게. 내가 쌀 오백 석이 나는 논을 골고루 나누어 주겠네. 자네들이 그동안 열심히 일해 준 대가일세."

"아이고, 마님. 어찌 이렇게까지……. 흑흑흑!"

그제야 마당에 모인 노비들은 금옥이의 뜻을 알고 엎드려 울기 시작합니다.

"원서야, 어서 이 땅문서를 골고루 나누어 주어라. 그리고 오늘은 큰 잔치를 열 것이니, 모두 쉬면서 먹고 노시게."

---

18) 양인: 조선 시대 양반과 천민의 중간 신분.

원서가 땅문서를 노비들에게 골고루 나누어 줍니다. 노비들은 지금의 일이 마치 꿈인 것만 같습니다.

그날 밤 금옥이는 원서를 불러 재산을 나누어 임청각에 보내고 나머지는 소호헌에 쓸 것과 한양 갈 돈을 나누어 두었습니다. 임청각으로 보냈던 월아도 다시 불러들였습니다.

"월아야, 내일 한양 갈 채비(준비)를 하여라. 그리고 여이는 나와 같이 한양에 갈 사람들이 있나 알아보거라."

"네, 마님."

여이와 월아는 서둘러 각자의 일을 하기 위해 밖으로 나갔습니다. 여이는 월아가 채비를 하는 사이 성이 아범과 소이 댁, 여울 댁에게 내일 마님이 한양 갈 거니 같이 갈 거냐고 물었습니다. 그들은 모두 기뻐하며 흔쾌히 가겠다고 했습니다.

그 사이 원서가 손이 아범을 데려왔습니다.

"손이 아범, 자네 날 따라 한양으로 갈 텐가?"

"네, 당연히 가죠. 전 마님이 가시는 곳이면 어디든 따라갈 것입니다요."

"그래, 고맙네. 고마워."

"마님, 한양까지는 먼 거리니, 가마[19]를 준비할까요?"

손이 아범 옆에서 무릎을 꿇고 앉아 있던 원서가 금옥이에게 물었습니다.

"아니네, 서방님과 함께 가듯 성이와 손잡고 걸어갈 걸세."

다음 날 아침이었습니다. 금옥이는 마루를 손으로 쓰다듬으며 이별을 하고 집을 나섰습니다. 걸음을 옮길 땐 문득 서해의 나지막한 목소리가 들리는 듯해 잠시 서 있기도 했습니다.

"마님, 이 사람들이 자기도 마님을 따라가겠다고 합니다요."

손이 아범이 당황해하며 말했습니다.

"이보게, 나를 따라 준다니 고맙네. 하지만 다 가면 임청각과 소호헌은 누가 지키겠는가. 부디 여기 남아 주시게. 내 한양가도 여길 잊지 않겠네. 그리고 일손이 필요하면 꼭 부르겠네."

"정말이십니까요, 마님."

"그렇다네. 내 약조하겠네."

금옥이의 약속에 그제야 사람들은 서운함 마음을 풀고 기뻐했습니다. 동구 밖까지 따라 나온 사람들은 금옥이와 일행들에게

---

19) 가마: 사람을 태우고 갈 수 있도록 만든, 조그마한 집 모양의 탈것

잘 가라며 손을 흔들었습니다. 흔드는 손 속에는 흐르는 눈물을 닦으며 돌아서서 우는 사람들도 있었습니다.

5. 약밥과 약과

"성아, 힘들지 않으냐?"

"괜찮습니다. 어머니."

금옥이가 성이의 손을 꼭 쥐며 물어봅니다.

"도련님. 힘들면 제가 업어 드릴게요."

뒤에서 걷던 월아도 성이가 걱정되어 한마디 거듭니다.

"아직은 괜찮습니다."

성이가 씩씩하게 말합니다. 하지만 걱정이 된 금옥이가 성이를 업으려고 하자, 월아가 나섭니다. 지게를 진 성이 아범의 걸음이 힘찹니다. 일행이 힘겹게 언덕 위에 올랐을 때 한줄기 산들바람이 불어와 이마에 맺힌 땀을 식혀 줍니다.

나비도 날아와 들꽃들의 주위를 맴돕니다. 월아가 내려놓자, 성이가 눈앞에 펼쳐진 먼 마을을 보며 소리칩니다.

"어머니, 저기에 우리 집도 있겠지요?"

"그래, 그렇겠지."

금옥이는 머릿속에 그린 풍경에 기댄 채 성이의 물음에 대답합니다. 그 풍경 속에는 그리운 서해의 얼굴도 있습니다. 금옥이와 사람들은 산길을 걷고 논길을 지나 어느 주막에 이르렀습니다.

"마님, 주막에서 국밥이라도 드시고 가시지요?"

"그러자꾸나. 다들 시장할 터이니."

여이의 말에 금옥이가 대답합니다.

주막에 들어서자 여이가 서둘러 금옥이를 평상으로 안내하고, 월아도 주모를 불러 국밥을 주문합니다. 금세 맛있는 국밥이 나옵니다. 모두 배가 고파서인지, 뚝배기에 부딪히는 숟가락 소리가 쉼 없이 이어집니다. 아삭아삭 무김치 씹는 소리도 계속됩니다.

"예안현[20] 장터 주막집 국밥보다 맛있네그려."

홍이 아범이 입을 오물거리며 말하자 손이 아범이 칭찬합니다.

"자네는 어찌 그리 음식 맛을 잘 보나?"

그러자 소이 댁이 국밥을 먹다 말고 푸념을 합니다.

20) 예안현: 경상북도 안동시 예안면·도산면·녹전면 일대에 있던 옛 고을.

"하이고, 음식 맛을 너무 잘 알아서 탈이에요. 얼마나 입맛이 까다로운지 맛이 없으면 안 먹으려고 하니……."

"아니, 이 사람이. 마님도 계시는데. 으흠!"

손이 아범은 헛기침까지 하며 당황해합니다. 그 사이 홍이 아범이 금옥의 눈치를 보며 넌지시 말합니다.

"어릴 적에도 어머니랑 잔칫집에 가서 음식 맛을 봐주곤 했답니다요. 음식은 못 만들어도 맛을 보는 데는 이 조선에서 저를 따라올 사람이 없을 것입니다요."

"언젠가 그 재주가 크게 쓰일 때가 있을 듯하네."

금옥이의 말에 홍이 아범의 어깨가 으쓱해집니다.

"하하하, 고맙습니다요. 마님."

홍이 아범의 웃음에 월아가 금옥이에게 귓속말을 합니다.

"참 신기하죠, 마님? 생긴 건 꼭 산적같이 생겼는데, 어찌 여인네보다 음식 맛을 더 잘 보는지……."

빙그레 웃는 금옥이를 따라 월아도 싱긋 웃습니다. 주막을 나온 금옥이와 일행은 또다시 길을 떠났습니다. 큰길을 지나 강나루에 이르니, 집들이 군데군데 모여 있었고 사람들도 많았습니다. 그중에는 보부상도 있었는데, 등에 진 짐이 무거워 내려놓고 그 위에 걸터앉아 있었습니다.

강에서 잡은 물고기를 갈무리[21]하는 어부를 뒤로한 채 나룻배에 오르자, 사공이 노를 저어 앞으로 나아가게 했습니다. 천천히 앞으로 나아가는 나룻배의 움직임이 금옥이의 마음을 한결 편안하게 해 주었습니다. 몇 개의 마을을 지나는 사이 날이 저물어가자, 앞장서서 걸어가던 손이 아범이 멀리 보이는 여각[22]을 가리킵니다.

"마님, 저 여각에서 하룻밤 묵어가야겠습니다요."

"그래, 그렇게 하는 게 좋을 것 같구나. 아침부터 서둘러 왔으니……."

"마님, 힘들지 않으세요?"

등에 성이를 업은 월아가 걱정스러운 표정을 합니다.

"힘들지 않다. 이렇게 시원한 바람을 맞으며 걷는데 뭐가 힘들겠느냐?"

금옥이는 애써 미소를 지으며 발에 밟히는 치맛자락을 살짝 들어 올립니다.

---

21) 갈무리: 물건 따위를 가지런히 정리하거나 모아서 보관함.

22) 여각: 조선 시대 각 연안의 포구에 자리 잡고, 화물의 판매와 운송업 등과 여관업을 겸하던 곳.

"원서야, 문경새재까지는 얼마나 남았느냐?"
"모레면 도착할 수 있을 겁니다요. 마님."
"어머니. 문경새재는 어떤 곳인가요?"
성이가 궁금한 얼굴로 묻습니다.
"하늘을 나는 새도 쉬어 갈 정도로 험준한 곳이란다. 경상도와 전라도의 선비들이 과거를 보러 가는 길이기도 하지."
"왜 하필 그리 험한 길로 가는지요? 다른 길도 있을 것인데……."
성이가 이해가 안 된다는 듯 말끝을 흐립니다.
"문경의 뜻이 경사스러운 소리를 듣는다는 것이어서 그렇단다. 과거 급제를 향한 선비들의 꿈이 서린 것이지. 네 아버지도 건강하셨다면 그러셨겠지."
금옥이는 불현듯 서해와 나누었던 이야기가 떠오릅니다.

"서방님, 서방님은 왜 다른 선비들과 잘 어울리지 않으세요?"
"어울리면 술을 마셔야 해서 그렇소."
"그거야 한 잔 드셔도 되는 것 아닌가요?"
"그렇지 않소. 술은 우리가 먹는 곡식으로 빚는 것이오. 흉년이면 굶주리는 백성이 얼마나 많은데 어찌 학문을 하는 내가 허튼 생활을 하겠소."

"서방님의 마음이 너무나 깊습니다. 전 그것도 모르고……. 서방님도 이제 과거를 보셔야지요?"

과거라는 말에 서해가 금옥이를 바라봅니다.

"서방님이 백성을 생각하시는 마음이 깊으시니, 관리가 되면 많은 일을 하실 수 있을 것입니다. 퇴계 선생님께서도 유성룡[23]과 김성일[24]보다 서방님이 더 뛰어나다고 하셨다는데……."

"사실은 나도 과거시험을 볼 생각은 있었소. 허나 집이 워낙 가난하고 나 또한 허약하다 보니."

"서방님 이제 그런 걱정은 하지 마시고 몸 돌보면서 열심히 학문을 닦아 꼭 과거에 급제하시어요. 제가 최선을 다해 서방님을 돕겠습니다."

"좋소. 이제부터라도 힘써 과거 준비를 하겠소."

서해는 금옥이의 손을 잡으며 과거에 급제할 것을 다짐하고 또 다짐했습니다.

---

23) 유성룡: 조선 중기의 문신, 학자, 의학자, 저술가이다. 징비록을 지었다.

24) 김성일: 조선 중기의 문신, 학자 조선 통신부사, 경상우도 병마절도사, 등을 역임

예안현을 떠나 한양에 도착은 금옥이는 약고개[25]라는 곳에 28칸짜리 집을 마련했습니다. 사람들이 식구가 둘 뿐인데 왜 이렇게 큰 집을 짓느냐고 묻자, 멀지 않아 사람들로 가득 찰 것이라고 말했습니다.

25) 약고개: 서울 중구 만리동 입구에서 충정로3가로 넘어가는 고개.

6. 율곡 선생을 만나다

금옥이는 서해를 생각하며 약밥과 약과를 만들어 팔기로 했습니다. 하지만 한양 사람들의 입맛이 몹시 까다로워 생각처럼 잘 팔리지 않았습니다. 의기소침[26]해 있는 금옥이 곁에 있는 여이와 월아의 표정도 어둡습니다. 어느 정도 예상은 했으나 이렇게 약밥과 약과가 안 팔릴 줄은 미처 몰랐습니다. 여이가 약밥 한 귀퉁이를 조금 떼어 월아에게 먹어 보라는 시늉을 합니다. 여이가 건네준 약밥을 먹던 월아가 갑자기 무릎을 탁! 칩니다.

---

26) 의기소침: 기운이 쇠하여 활기가 없다.

"아, 맞아요. 맞아."

"뭐가 맞는다는 건데?"

월아의 말에 여의가 묻습니다.

"홍이 아범이 있잖아요?"

"홍이 아범? 그래, 맞아. 홍이 아범은 맛을 잘 보지. 마님, 어서 홍이 아범을 부르셔요."

여이의 재촉에 금옥이가 원서에게 홍이 아범을 데려오라고 합니다.

"마님, 부르셨습니까요?"

홍이 아범이 거친 숨을 고르며 달려왔습니다.

"내가 자네에게 긴히 부탁할 것이 있네. 이 돈으로 저잣거리[27]에 나가 떡을 사서 먹어 보고 그 맛을 알려주게."

27) 저잣거리: 가게가 죽 늘어서 있는 길거리.

"떡 맛을요?"
"그래, 자네의 맛보는 재주에 우리 가문의 운명이 달려있네."
"네, 알겠습니다요. 맛을 보는 것이라면 자신 있습니다요."
"자네만 믿겠네."

며칠 후, 홍이 아범이 다시 금옥이를 찾아왔습니다.
"마님, 저잣거리를 다니며 모든 떡을 다 사 먹어 봤습니다요."
"그래, 수고했네. 맛이 어떠하던가?"
"떡이 달고 고소했으며 쫀득쫀득했습니다요. 해서, 먹으면 먹을수록 입안에 감칠맛이 돌았습니다요. 우리 예안현의 떡은 짠맛이 강했지만 여긴 아니었습니다요."
"……."
"그리고 약과와 비슷한 것도 먹어 보았는데, 그것도 떡처럼 달았습니다요."
"그렇다면 이젠 약밥과 약과를 한양 사람들의 입맛에 맞게 달고 고소하게 만들어 봐야겠네. 여이와 월아는 어서 밥을 지어라."
"네, 마님."

금옥이는 여이와 월아가 지은 밥을 식혀 약밥을 만들고 쌀을 맷돌에 갈아 약과도 만들었습니다.

"자, 어서 먹어 보아라."

금옥이가 정성껏 만든 약밥과 약과를 홍이 아범이 맛을 봅니다. 모두 긴장한 채 홍이 아범을 빤히 쳐다봅니다.

"어떠하냐?"

"좋습니다요. 그런데 무언가 좀 부족합니다요. 이대로라면 저잣거리의 것과 맛이 비슷해서 좀 더 특별해야……. 그런데 마님."

"왜 그러느냐?"

"마님은 이 약밥과 약과를 누구에게 팔 생각이십니까요?"

"그거야 저잣거리에 있는 사람들이지."

"음……. 소인의 생각에는 지체 높은 대감님들에게 파는 것이 좋을 듯합니다요."

"왜 그렇게 생각하는 것이냐?"

"일단 지체 높은 대감님들이 좋아하시면 금방 입소문이 나서 모두 좋아하게 될 것입니다요."

"그, 그렇겠구나. 그렇다면 궁중음식처럼 고급스럽게 만들어야

겠구나."

"그렇습니다요. 마님."

홍이 아범의 제안에 금옥이는 어려운 수수께끼를 푼 듯 기분이 좋아집니다.

"하면, 찹쌀로 지은 밥으로 약밥을 만들고 거기에 꿀과 함께 밤과 잣, 호두 등을 넣어야 할 것 같네. 약과도 찹쌀을 맷돌에 곱게 갈아서 하고."

"참 좋은 생각입니다요. 마님. 어서 만들어 보시지요."

금옥이의 말을 가만히 듣고 있던 여이와 월아가 서둘러 몸을 움직여 찹쌀로 밥을 짓습니다. 맷돌에 찹쌀도 곱게 갈아 둡니다. 밤과 호두, 잣도 예쁘게 다듬어 놓습니다. 모든 준비가 끝나자, 금옥이가 이것들을 섞어 약밥을 만듭니다. 약과도 예쁜 꽃 모양으로 동그랗게 빚습니다.

"어서 먹어 보게."

금옥이가 접시에 방금 만든 약밥과 약과를 담아 홍이 아범에게 내밉니다.

홍이 아범이 조심스레 맛을 보다가 이내 환한 미소를 짓습니다.

"마님, 이제 됐습니다요. 이 약밥과 약과가 한양에서 제일 맛납니다요."

"고맙네. 이게 다 자네의 맛보는 재주 덕분일세."

"아닙니다요. 제가 무슨……."

"그런데 이것을 어떻게 팔아야 할까요?"

여이가 약밥과 약과를 보며 걱정스러워합니다.

"저잣거리에 가서 사람들에게 나누어 주어라."

"예에? 애써 만들 것을 사람들에게 그냥 나누어 주라고요?"

"그리해야 입소문이 빨리 날 것이다."

"그래도 너무 아까운데요……."

여이가 아쉬운 듯 고개를 젓습니다.

하지만 금옥이의 말대로 저잣거리 사람들에게 약밥과 약과를 나누어 주자, 금세 소문이 나 지체 높은 양반들이 앞다투어 사러 왔습니다.

장사가 잘되어 생활이 안정되자, 금옥이는 성이를 데리고 집을 나섰습니다.

월아도 보따리를 들고 뒤를 따릅니다.

"어머니, 어디를 가시는 것인가요?"

나란히 걷던 성이가 금옥이에게 묻습니다.

"율곡 선생님에게 너를 부탁하러 가는 길이다."

"율곡 선생님에게요? 우리 집안은 대대로 퇴계 선생님의 학풍을 이어받았는데 어찌 갑자기 율곡 선생님에게 가시는지요?"

"성아, 배움에 편견이 있으면 안 되는 것이란다. 율곡 선생님은 퇴계 선생님과 더불어 으뜸가는 학자로 존경받는 분이시다."

"네, 어머니."

그때쯤 은행나무에 둘러싸인 소담스러운 집이 보입니다.

"마님, 저 집입니다요."

월아가 들고 있던 보따리를 왼손으로 옮기며 소리칩니다. 대문 앞에 이르러 월아가 문을 두드리니 하인이 나옵니다.

"율곡 선생님을 만나 뵈러 왔습니다. 계신지요?"

"계시긴 합니다만, 누구신지……."

"약고개에서 약밥과 약과를 파는 이씨 부인이라고 하면 알 것입니다."

하인의 말을 들은 율곡 선생이 말합니다.

"어서 들어오시라고 하여라."

"네, 대감님."

하인의 안내를 받고 금옥이와 월아가 안으로 들어갑니다.

율곡 선생이 금옥이를 보더니 말합니다.

"부인께서 어떻게 여기 오신 것이오?"

"제 아들 성이를 부탁하러 왔습니다."

"성이가 서해 대감의 아들이라는 것을 알고 있소. 헌데 서씨 집안의 학풍과 나의 학풍은 서로 다른 줄 압니다."

"그건 저도 압니다. 그러나 배움에는 편견이 없어야 하고 가르침에도 선입견[28]이 없어야 한다고 생각합니다. 미천한 자식이지만 선생님의 가르침을 받는다면 언젠간 나라의 기둥이 될 것입니다. 부디 거두어 주십시오."

"허허허, 부인의 그 말씀이 금보다 값지십니다. 알겠습니다. 제가 성심을 다해 가르쳐 보겠습니다."

율곡 선생의 웃음에 금옥이의 얼굴도 이내 밝아집니다.

금옥이가 보자기를 풀어 가져온 약밥과 약과를 꺼냈습니다.

"약밥과 약과를 좀 가져왔습니다. 맛이 있는지 모르겠습니다.

---

28) 선입견: 어떤 사람이나 사물 또는 주의나 주장에 대하여, 직접 경험하지 않은 상태에서 미리 마음속에 굳어진 견해.

좀 드셔 보시지요."

"오! 이렇게 귀한 걸 가져오시다니, 고맙습니다."

율곡 선생도 환하게 웃습니다.

율곡 선생님을 만나고 돌아오는 길, 서녘 하늘에 빛나는 뭇별 하나가 이들을 밝게 비춥니다.

7. 성이의 각오

"마님, 지체 높은 양반님들이 약밥과 약과를 제사상에 많이 올린답니다. 해서, 술도 빚어 보면 어떨까 해서요?"

월아가 금옥이 곁에서 약밥 만드는 것을 거들며 말합니다.

"우리가 술에 대해선 잘 모르지 않느냐?"

"그건 걱정할 필요 없습니다요. 소이 댁이 술을 잘 빚잖아요."

"아참, 그렇구나. 그러면 소이 댁을 데려와 술을 빚어 보자꾸나."

월아가 소이 댁을 데리러 가는 사이, 여이가 술을 빚을 준비를 합니다. 소이 댁이 금세 도착합니다.

"마님, 부르셨습니까요?"

"왔는가. 자네가 술을 잘 빚지 않는가? 좀 도와주겠는가?"

"네, 당연하지요."

"술을 좀 빚어 팔아 보려고 하네."

금옥이가 술이라고 하자, 소이 댁이 묻습니다.

"그런데 무슨 술을 빚으려고 하시는지요."

"청주[29]를 빚어야 할 것 같네."

"청주는 이미 저잣거리에서 많이 팔리고 있는데요?"

"그건 나도 알고 있네. 그래서 말인데, 감초와 당귀 같은 약재를 넣어 청주를 빚는다면 어떨까 해서……."

"아주 좋은 생각입니다요. 그러면 술맛이 훨씬 좋아질 것입니다요. 약재를 넣었으니, 약술될 것입니다요."

"약술이라……."

소이 댁의 칭찬에 힘을 얻은 금옥이는 밤새 불린 멥쌀을 씻어 시루[30]에 넣고 불을 땝니다. 타닥타닥! 맥박이 뛰듯 나무가 탑니

29) 청주(淸酒): 쌀·누룩·물을 원료로 하여 빚은 맑은 술.

30) 시루: 떡이나 쌀 따위를 찌는 데 쓰는 둥근 질그릇.

다. 한참 후, 알맞게 익은 고두밥[31]을 월아가 그늘에서 식혀 살살 부순 뒤 누룩[32]과 골고루 섞습니다. 그러고는 큰 항아리에 넣고 물을 마침맞게 붓습니다. 감초와 당귀 같은 약재도 곁들입니다.

금옥이가 술이 얼마나 익었나 싶어 이따금 항아리에 귀를 대 보면 보글보글 톡! 톡! 술 익는 소리가 납니다.

한 달 후, 발효가 끝난 술을 삼베[33]로 걸러냅니다. 감초와 당귀 같은 약재 때문에 술에서 약재 냄새가 그윽하게 흘러나옵니다. 금옥이는 시간이 흘러 맑아진 청주를 홍이 아범과 손이 아범에게 주어 맛을 보게 합니다.

"어서 마셔 보게."

금옥이의 조바심에 홍이 아범이 먼저 술잔을 듭니다.

"햐아! 맛과 향이 너무나 좋습니다요."

홍이 아범이 감탄하며 입맛을 다십니다.

"자네는 어떤가?"

---

31) 고두밥: 아주 되게 지어 고들고들한 밥.

32) 누룩: 술을 빚는 데 쓰는 발효제.

33) 삼베: 삼이라는 식물의 껍질에서 뽑아낸 실로 만들어 짠 옷감.

금옥이가 술을 좋아하는 손이 아범에게 묻습니다.

"음……. 제가 지금껏 마셔 본 술 중에서 제일 맛있고 향이 좋은 것 같습니다요. 분명 모든 사람이 좋아할 겁니다요."

"그래, 그래야지."

손이 아범의 말처럼 약술도 금세 사람들에게 알려졌습니다. 특히 글 읽는 선비들이 좋아했습니다. 선비들 사이에서는 약밥과 약과를 안주 삼아 약술을 마시며 시를 짓는 것이 큰 인기였습니다.

성이는 율곡 선생에게 가르침을 받자 학문이 나날이 높아졌습니다. 그러나 백성을 돌보지 않은 채 당파싸움만 하는 관리들을 보게 된 후에는 공부할 생각이 없어졌습니다. 성이는 과거시험도 보기 싫었습니다.

강학[34] 시간이 끝나고 성이는 답답한

34) 강학: 학문을 닦고 연구함

마음에 율곡 선생에게 묻습니다.

“저, 스승님.”

“왜 그러느냐?”

서책을 정리하고 있던 율곡 선생이 고개를 숙인 채 대답합니다.

“스승님은 임금님께서 교지[35]까지, 내리셨는데 왜 벼슬길에 오르지 않으십니까?”

그때야 율곡 선생은 고개를 들어 성이를 바라봅니다.

“너만 할 때 나도 내 실력을 가늠해 보고 싶어 과거시험을 보기도 하고 여기저기 다니며 학문이 높은 선비도 만나 보기도 했단다.”

35) 교지: 역사 조선 시대에, 임금이 사품 이상의 벼슬아치에게 주던 임명장

"무슨 말씀이신지요?"

"관리들의 당파싸움이 보기 싫어서 그러는 것 아니더냐?."

"네, 맞습니다. 스승님."

"나도 그랬단다. 그래서 너희를 가르치는 일에만 힘을 다하는 것이다. 너희는 나라의 기둥이 아니냐?"

"하지만 저희가 조정에 나간들 무엇을 할 수 있는지요?"

"그리 생각하지 말아라. 작은 돌도 모이면 큰 돌보다 힘이 세질 수 있다. 저 돌담을 보아라. 큰 돌 사이에 괴어져 있는 저 작은 돌이 힘의 균형을 잡아 주어 돌담이 무너지지 않는 것이다."

율곡 선생이 돌담을 가리키며 말합니다. 문득 성이는 자신이 부끄러워졌고, 율곡 선생이 큰 산 같아 가만히 우러러봅니다. 율곡 선생의 얼굴이 여느 때와 달리 진지했습니다.

"제가 선생님의 뜻을 미처 알지 못했습니다."

"괜찮다. 나도 그랬으니……. 성아!"

"예. 스승님."

"넌 다른 유생[36]들과는 다르다. 네 어머니를 보아라. 얼마나 훌

36) 서생: 유학을 공부하는 사람

륭하시냐. 열심히 공부해서 꼭 어머니에게 보답해야 하느니라."

율곡 선생이 성이의 손을 가만히 잡습니다. 율곡 선생의 따뜻함이 성이에게 전해집니다.

집으로 돌아온 성이는 율곡 선생의 말씀을 다시금 되새겨봅니다.

마음이 조금은 정리되었지만, 여전히 공부가 머리에 들어오지 않습니다.

그때 금옥이가 밖에서 성이를 부릅니다.

"성아, 들어가도 되겠느냐?"

"네, 어머니."

성이가 옷매무시를 가다듬으며 자리에서 일어나자, 방문이 열리며 금옥이와 월아가 들어옵니다. 월아의 손에 들린 쟁반에 약밥과 약과, 식혜가 올려져 있습니다.

"이것 좀 먹어 보아라. 여이 말로는 요즈음 밥을 잘 먹지 않는다던데……. 혹시 무슨 일이 있느냐?"

"아, 아닙니다. 어머니."
"괜찮다. 모자지간에 숨길 일이 무엇이 있겠느냐? 어서 말해보아라."
"관리들이 당파싸움에 정신이 팔려 백성을 돌보지 않는 것이 너무나 싫습니다. 또 제가 나중에 그런 관리가 될까 두렵습니다."
그러자 금옥이가 가만히 웃습니다.
"너의 성품이 아버지를 닮았구나. 굶는 백성들이 있는데 어찌 술을 마시냐고 하던 네 아버지의 말씀이 아직도 내 귓가에 남아 있단다. 성아, 우리는 이 약밥과 같다. 밥알이 떨어져 있으면 아무것도 아니지만, 모여 있으면 이리 반듯한 약밥이 되는 것처럼. 만일 내 아버지가 돌아가시지 않았다면 백성들을 사랑하는 청백리가 되어 많은 일을 했을 것이다."
금옥이의 말을 듣고 성이는 한동안 생각에 잠깁니다.
"아무 생각 말고 열심히 학문에 전념하여라. 그러면 좋은 관리가 될 수 있을 것이다."
"예. 어머니. 마부작침[37]의 고통도 견디겠습니다."

---

37) 마부작침: 도끼를 갈아 바늘을 만든다는 뜻으로 어려운 일이라도 꾸준히 노력하면 이룰 수 있다.

“넌 꼭 나라의 기둥이 되어야 한다.”

금옥이의 말에 성이는 결심한 듯 주먹을 불끈 쥡니다. 새파랗게 도드라진 핏줄이 성이의 꼭 다문 입속에서 단단한 각오로 여물어갑니다.

8. 성이의 과거 급제

어둠이 내린 어스름 녘, 누군가 똑! 똑! 똑! 대문을 조심스럽게 두드립니다.

'장사도 끝나 올 사람이 없는데 도대체 누구지?'

마당을 쓸던 원서가 빗자루를 든 채 대문 쪽으로 향합니다. 정갈하게 쓸린 마당에 원서의 발자국이 내려앉습니다. 이따금 저녁 무렵에도 약밥이나 약술을 사러 오는 사람이 있어서 원서는 대문을 열며 퉁명스럽게 말합니다.

"오늘 장사는 끝났습니다."

"약밥을 사러 온 게 아니네. 마님을 좀 만나러 왔네."

"마님을 만나러 왔다고요?"

"그렇다네. 긴히 드릴 말씀이 있네. 난 매파일세."

"매파라고요? 매파가 왜 여기에……."

"사람들의 눈을 피해서 왔으니 어서 마님을 만나게 해 주시게."

매파가 주위를 살피다가 얼른 대문 안으로 성큼 들어섭니다. 매파의 몸놀림이 빠릅니다. 그 사이 여이와 월아가 안채에서 나옵니다.

"여이야, 마님께 매파가 왔다고 아뢰어라."

원서는 사랑채로 향하던 걸음을 멈추고 여이에게 부탁합니다.

"그럴게요. 그런데 매파가 왜……."

"그건 나도 잘 몰라."

여이는 원서의 대답을 듣는 둥 마는 둥 하며 사랑채로 가서 금옥이에게 말합니다.

"마님, 매파가 마님을 만나러 왔습니다."

방에서 성이와 이야기를 나누고 있던 금옥이가 매파라는 말에 솔깃해합니다.

"들어오시라고 해라."

금옥이가 큰 소리로 말하자, 여이가 돌계단을 올라 댓돌에 신발을 벗고 마루에 올라서며 방문을 엽니다. 매파가 조심스럽게 방으로 들어갑니다.

"무슨 일로 왔는가? 나는 매파를 부르지 않았는데?"

"광주 목사를 지낸 송영 대감님께서 보내서 왔습니다요."

"송영 대감께서 자네를 왜 우리 집에 보내셨는가?"

"그야 혼사 문제 때문이지요."

"혼사 문제라니?"

"송영 대감님이 마님 댁 도련님을 사위 삼고 싶어 하십니다요."

금옥이는 매파가 하는 말이 믿어지지 않았습니다.

"성이를 사위 삼고 싶어 하신다고? 그렇게 지체 높으신 분이 왜 하필 우리 집과 사돈을 맺고 싶어 하시는가?"

"돌아가신 서해 대감님의 학문은 물론, 마님이 이리 집안을 잘 이끌어 가시는 모습에 큰 감명을 받으셨다고 하십니다요. 또 도련님도 율곡 선생님의 수제자라 곧 과거에 급제하실 거라고 믿으십니다요."

"우리 집안을 그리 좋게 봐주시니 너무나 고맙구나. 하지만 성이가 아직 초시[38]에만 합격한 것이니, 과거에 급제한 뒤 혼사를 의논하자고 전해 주시게."

"도련님이 과거에 급제하시면 혼처 자리가 줄을 설 텐데요?"

"그건 걱정하지 마시게. 내가 대감님의 마음을 절대로 잊어버리지 않을 테니. 자, 이것은 자네의 발품 값이네."

금옥이가 돈궤에서 엽전 한 두름을 꺼내 내밀자, 매파가 연신 허리를 숙입니다.

성이는 회시[39]와 전시[40]를 치르기 위해 더 열심히 공부합니다. 어떨 땐 밤새워 공부하느라 초가 다 타 촛불이 사위어도, 혹은 코피가 나 앞섶[41]이 빨갛게 물들어도 모를 정도입니다. 율곡 선생의 제자 중 초시에 합격한 유생은 모두 다섯 명이었습니다.

강학 시간이 끝나자, 율곡 선생이 이들을 따로 불러 당부의 말을 덧붙입니다.

"모두 얼굴이 까칠한 걸 보니, 회시 준비를 하느라 열심인가 보

---

38) 초시: 과거의 첫 시험.

39) 회시: 문무과(文武科)의 초시 급제자가 서울에 모여 2차로 보는 시험 복시(覆試)라고도 함.

40) 전시: 회시에 선발된 사람에게 임금이 친히 치르게 하는 과거.

41) 앞섶: 옷의 앞자락에 대는 섶.

구나. 공자님께서는 넘치면 모자란 것만 못하다고 하셨다. 너무 서두르지 말고 천천히 올곧게 가도록 노력하여라. 또 떨어져도 낙심하지 말거라. 그사이 학문이 더 깊어질 것이니……."

"네, 스승님."

유생들은 율곡 선생의 훈시[42]를 가슴속 깊이 새깁니다.

드디어 회시를 치르는 날이 되었습니다. 시험 시간은 사시[43]여서 그리 서두르지 않아도 되었지만, 원서는 마음이 급해 절로 걸음이 빨라집니다. 집을 나설 때, 어머니가 한 말씀을 떠올리던 성이도 긴장한 듯 갓끈을 풀었다 다시 묶습니다. 단단한 묶음이 성이의 각오처럼 야뭅니다.

"자네는 왜 과거를 보지 않는 건가?"

성큼성큼 걷는 원서와 보폭을 맞추며 성이가 말을 건넵니다.

"제가 무슨 과거를 봅니까요?"

"넌 양인이니 과거를 볼 수 있지 않느냐? 무과에 한번 응시해 보게. 무예도 뛰어난데 책도 늘 읽고……."

"아, 아닙니다요. 제가 무슨……. 전 마님 곁을 떠나고 싶지 않

---

42) 훈시: 윗사람이 아랫사람에게 주의해야 할 일 등을 가르침.

43) 사시: 오전 9시부터 11시까지를 말함.

습니다요. 이곳이 저에겐 제일 행복한 곳인걸요."

"그, 그래?"

원서의 진심 어린 말에 성이는 그만 말문이 막힙니다.

성균관 비천당[44] 과장[45]에 이르자, 곳곳에 선비들이 보입니다. 멀리서 올라온 선비도 있는지 간간이 사투리도 들립니다.

"주막에 가서 요기나 하고 있게. 난 시험을 보고 갈 테니."

성이는 원서에게 붓과 벼루, 종이와 자리[46]를 받아 듭니다. 성이가 걸음을 옮기려고 하자, 원서가 품속에서 엿을 꺼냅니다.

"도련님, 이거 드셔야죠?"

"언제 이런 걸 다 준비했나? 잘 먹겠네."

성이는 엿을 입에 물고 성균관 비천당 문 안으로 걸어 들어갑니다.

성이가 사라지자, 원서는 주막으로 향합니다. 과장에 따라온 하인들이 많아서 주막이 장날처럼 시끌벅적합니다. 수많은 이야기가 오가고 간간이 웃음이 피어납니다.

---

44) 비천당: .성균관의 별당으로 과거를 시행할 때 시험 장소로 사용되던 곳.

45) 과장: 과거(科擧)를 보는 장소.

46) 자리: 사람이 앉거나 누울 때 바닥에 까는 물건.

원서는 국밥 한 그릇을 먹은 뒤 주막 마당으로 나와 봇짐에서 서책을 꺼냅니다. 그러고는 시간 가는 줄 모르고 책에 빠져 있습니다. 얼마나 많은 시간이 흘렀을까, 원서는 성이의 목소리에 놀라서 고개를 듭니다.

"주모, 여기 국밥 두 그릇 주시게. 긴장이 풀리니 배가 고프구먼."

"도련님, 빨리 오셨군요. 시험은 잘 보셨는지요?"

원서가 반가운 얼굴로 성이가 있는 곳으로 갑니다.

"그럭저럭 보았네. 장원은 어렵겠지만, 급제는 할 듯하네."

"잘하셨습니다. 마님께서 기다릴 것이니 어서 집으로 가시지요."

"어허, 밥 좀 먹고 가세. 금강산도 식후경이라고 하지 않았나."

환한 얼굴로 국밥을 먹는 성이의 모습을 원서가 흐뭇하게 바라봅니다.

성이에게 시험을 잘 보았다는 이야기를 듣자 금옥이도 기뻐합니다.

"이제 전시만 남았네요."

여이와 월아도 눈시울을 붉힙니다. 홍이 아범과 손이 아범, 소이 댁의 눈도 촉촉해집니다.

며칠 후, 집으로 회시 급제 통보가 왔습니다. 성이는 곧 전시도 치렀습니다.

성이는 전시에서 방안[47]으로 급제하였습니다. 그런데 과거에 장원으로 급제한 선비가 나타나지 않았습니다.

47) 방안: 역사 전시(殿試)의 갑과(甲科)에 둘째로 급제한 사람.

9. 착한 일을 하는 사람이 되어라

"마님 계시는가?"

이른 아침, 비스듬히 열린 대문 사이로 허름한 옷을 입은 선비가 홍이 아범에게 묻습니다.

"계십니다만, 뉘신지요?"

"나는 남촌[48]에서 온 최 선비라고 하네. 마님께 감사의 인사를 드리러 왔네."

"잠시만 기다리십시오. 마님께 아뢰어 보겠습니다요."

48) 남촌: 조선 시대 청계천 남쪽 일대를 말함.

금옥이는 최 선비를 알지 못하나 생각 끝에 만나 보기로 합니다.

사랑방에 들어온 최 선비가 손에 든 보따리를 풀어 어사화[49]가 꽂힌 사모[50]를 꺼냅니다. 어머니 곁에 앉아 있던 성이가 그것을 보고 깜짝 놀랍니다.

"마님, 남몰래 저를 도와주셔서 감사합니다."

최 선비가 금옥이에게 큰절을 합니다. 성이가 그 모습을 눈이 보이지 않는 금옥이에게 전합니다.

"그저 유능한 선비들을 조금 도왔을 뿐인데, 이리 찾아오시다니요."

"노모와 저는 끼니를 걱정하며 살았습니다. 마님이 아니었으면……."

"선비님이 바로 이번 과거에 장원 급제하신 분이군요."

"모두 마님 덕분입니다. 초시에는 두어 번 합격했지만, 회시에 떨어져서……."

그때 성이가 갑자기 무엇이 생각난 듯 최 선비에게 묻습니다.

---

49) 어사화: 조선시대 문무과에 급제한 사람에게 임금이 하사하던 종이꽃.

50) 사모: 조선 시대 백관(百官)이 주로 상복(常服)에 착용하던 관모.

"그런데 임금님과 만나는 자리에서는 뵙지 못한 것 같습니다."

"아, 노모가 갑자기 복통을 일으키시는 바람에 참석하지 못했소. 하면, 선비님도 이번 과거에 급제하신 것이오?"

"그렇습니다. 방안을 했습니다."

"젊은 분이 참 대단하오."

최 선비는 성이의 과거 급제를 제 일처럼 축하해 줍니다. 그때 월아가 쟁반을 들고 들어오고 뒤따라 하인들이 아침상을 내어옵니다.

"선비님. 저희와 함께 아침을 드시지요?"

"아, 아닙니다. 전 감사의 인사를 드리러 온 것입니다. 그럼 이만."

"과거에 장원급제하신 분과 아침을 먹는 영광을 주시지요."

금옥이의 부탁에 자리에서 일어나던 최 선비가 다시 자리에 앉습니다.

"어서 드시지요. 선비님."

금옥이가 더듬거리며 수저를 들자, 최 선비도 수저를 듭니다. 성이는 익숙하게 조기 살을 발라 어머니의 밥 위에 올려 주고 자신도 먹습니다. 그 모습을 본 최 선비가 말합니다.

"두 분의 모습을 보니 문득 아버님 생각이 납니다. 제 아버지도 병으로 인해 앞을 보지 못했습니다. 그래서 어머니가 아버지의 수저에 반찬을 올려드리곤 했지요. 한데 방금 쟁반을 들고 들어온 처자는 누구인지요?"

"월아라고 합니다. 왜 그러시는지요?"

"저희 집 대문 앞에 쌀과 엽전을 놓고 가는 것을 본 듯해서요."

"아, 그러셨군요. 맞습니다. 월아가 그 일을 했습니다. 그런데 선비님은 장가드셨는지요?"

"아직 못 들었습니다. 가난한 저에게 누가 시집을 오겠습니까?"

"이젠 매파가 줄을 설 것입니다."

"전 가문보다 사람의 됨됨이가 더 중요하다고 봅니다."

"맞는 말씀입니다. 선비님은 참 훌륭하신 분 같군요."

잠시 생각에 잠기더니 최 선비가 불쑥 말을 꺼냅니다.

"월아는 어떤 아이입니까?"

금옥이가 월아의 사정을 설명해 줍니다.

"월아는 마음씨가 고운 아이입니다. 제 일을 도와주고 있으나 양인이고요."

"마님, 월아에게 장가들고 싶습니다."

최 선비의 갑작스러운 말에 금옥이가 깜짝 놀랍니다.

"그게 무슨 말씀입니까? 선비님께서는 과거에 장원급제하셨는데……."

"장원급제가 뭐 그리 중합니까, 수염이 석 자라도 먹어야 양반이지요. 마님과 월아가 없었다면 전 과거시험도 못 봤을 겁니다."

금옥이가 잠시 생각하다가 대답합니다.

"선비님이 그러시다면……."

금옥이가 큰 소리로 월아를 부릅니다.

"월아야, 들어와 보아라."

"예, 마님."

월아가 숭늉을 들고 들어옵니다.

"최 선비님이 너를 마음에 들어 하신다. 넌 어떠하냐?"

"예에? 갑자기 그게 무슨 말씀이십니까요?"

월아가 화들짝 놀라며 뒷걸음질 칩니다.

"너도 이제 혼인을 해야지. 지금도 많이 늦었다. 네가 혼인해야 원서와 여이도 혼인하지 않겠느냐."

"그, 그래도요. 전 마님 곁을 떠나기 싫습니다."

"그렇다면 함께 살면 될 것이 아니냐?"

그러자 최 선비가 월아에게 힘주어 말합니다.

"처자, 그러지 말고 이 노총각 장가 좀 들게 해 주시구려."

월아가 머뭇거리더니 최 선비에게 질문을 합니다.

"선비님은 과거에 장원급제까지 하셨는데 왜 하필 저를 선택하시는지요?"

"언젠가 처자가 우리 집 대문 앞에 쌀과 엽전을 놓고 가지 않았소? 그때 처자의 뒷모습을 보았는데 너무나 아름다워 잊히지 않더이다. 과거에 급제했다지만 나는 몹시 가난하오. 내부인이 되면 아끼고 사랑하며 살겠소. 나와 같이 삽시다."

최 선비가 그윽한 눈으로 월아를 바라봅니다.

최 선비님과 월아는 이렇게 해서 혼인을 했습니다. 얼마 후, 원서와 여이도 혼인을 합니다. 오래전부터 두 사람이 서로 좋아하고 있었던 터라 일은 순조롭게 진행되었습니다.

금옥이는 성이의 혼례를 위해 송현 대감님이 보낸 매파를 다시 불렀습니다.

매파는 얼른 달려왔습니다.

"마님, 약속을 지켜 주셔서 고맙습니다요. 도련님이 방안으로 과거에 급제하셨다면서요?"

"그렇네. 지금도 송현 대감님의 마음은 변함없는가?"

"네, 마님. 오히려 대감님께서 마님 마음이 변하실까 봐 안절부절못하십니다요."

"그러면 혼례를 치르도록 하지."

"고맙습니다요. 마님."

금옥이의 결단에 매파는 곧바로 송현 대감에게 금옥이의 말을 전했고 곧 혼례 준비가 시작됩니다. 혼례 날짜가 잡히자, 함이 들어오고 신부가 신랑 집으로 와서 혼례를 치릅니다. 보통은 신랑이 가는 것이었으나 금옥이의 사정을 알고 있는 사돈의 배려였습니다. 혼례청[51]에 모인 동네 사람들이 웃으며 떠듭니다.

"이제 이 집의 약밥과 약과, 그리고 약술이 전국에서 제일 유명해질 걸세."

"그게 무슨 소리인가? 지금도 유명하잖아."

"허허, 이 집 사위나 다름없는 선비가 과거에 장원급제한 선비이고, 아들은 방안으로 급제하지 않았나?"

"아, 맞구먼. 나도 이제 이 집 약밥과 약과를 우리 아들에게 먹이고 약술은 내가 마셔야겠구먼. 그래야 과거에 급제하지."

"나도 그래야겠군."

환호성과 웃음소리로 가득했던 혼례가 끝나고 금옥이는 며느리와 마주 앉았습니다. 금옥이가 며느리의 손을 꼭 잡으며 말합니다.

"우리 집에 시집와 주어서 고맙구나. 착한 일을 하는 사람이 되어라. 이것은 우리 집 가훈이기도 하느니라."

"네. 어머니."

---

51) 혼례청: 옛날에 혼례를 치르기 위해 마련하였던 장소.

며느리 송 씨가 시어머니의 손을 맞잡으며 대답합니다. 작은 어깨가 무지개처럼 아름답습니다.

10. 임진왜란

월아가 예쁜 아기를 낳으니, 기다렸다는 듯 송씨 부인과 여이도 아기를 낳았습니다. 이제 집은 아기들의 울음소리로 가득합니다. 방실방실 웃는 아기들의 웃음에, 나무도 기지개를 켜며 하얀 꽃망울을 터트렸습니다.

성이와 최 선비도 관리가 되어 바쁜 나날을 보냈습니다. 어느 오후였습니다.

성이가 형조[52]에 들러 업무를 보고 나오는데, 뒤에서 부르는

52) 형조: 조선시대에 법률·소송·형옥·노예 따위에 관한 일을 맡아보던 관아.

사람이 있었습니다.

"이보게. 자네가 과거에 방안으로 합격한 서성인가?"

성이는 공손하게 고개를 숙이며 대답합니다.

"네, 그렇습니다."

"나는 유성룡이라고 하네. 예전에 자네 부친과 동문수학[53] 하던 사이지. 부친을 많이 닮았네그려."

"아, 서애[54] 대감님이시군요. 어머님께 말씀을 많이 들었습니

53) 동문수학(同門受學): 한 스승 밑에서 함께 공부함.

54) 서애: 유성룡의 호.

다."

"그랬는가? 부디 성심을 다해 일해 주시게. 지금 조정이 너무나 혼란스럽네."

유성룡은 짧은 한숨을 삼키며 성이의 어깨를 두드렸습니다.

유성룡이 이처럼 나라를 걱정하는 이유는, 머지않아 왜국이 침략할지도 모른다는 소식이 전해졌는데도 조정에서는 아무 대비 없이 시간을 보내고 있었기 때문입니다.

율곡 선생이 십만 군사를 길러 외적의 침략에 대비해야 한다는 상소문을 올려도 왕은 받아들이지 않고 있었습니다. 그래서 유성룡은 정읍 현감으로 있던 이순신을 추천하여 전라좌도수군절도사[55]에 오르게 했습니다.

"약봉(서성의 호)은 지금의 상황을 어찌 보는가?"

최 선비가 성이에게 묻습니다.

"안심할 수 없습니다. 당연히 왜국이 쳐들어올 것에 대비해야지요."

---

55) 전라좌도수군절도사: 조선시대 전라도 수역을 관리하던 직책.

"나도 자네와 생각이 같네. 그런데 조정에서는 아무런 대비를 하지 않으니 큰일일세. 만일 전쟁이라도 나면……."

최 선비의 걱정에 성이의 마음도 착잡해집니다.

그러던 어느 날, 왜국에서 사신이 서신을 가지고 왔습니다. 서신의 내용은 왜국이 명나라로 쳐들어가고자 하니 길을 빌려달라는 것이었습니다. 선조는 화를 내며 사신을 꾸짖은 뒤 곧바로 왜국으로 돌려보냈습니다. 결국 왜국은 1592년, 전쟁을 일으키고야 말았습니다.

"마님, 저잣거리에 흉흉한 소문이 돌고 있습니다요."

시장에 갔다 온 소이 댁이 금옥이에게 저잣거리의 소식을 전합니다.

"흉흉한 소문이라니?"

"왜군이 쳐들어왔다고 합니다요."

"왜군들이야, 수시로 쳐들어 와 노략질을 하지 않나."

그때 끼익 소리와 함께 대문이 열리더니 홍이 아범이 숨을 헐떡이며 들어옵니다.

"마님. 큰일 났습니다요. 왜군이 쳐들어왔다고 합니다요."

"안 그래도 그 얘기를 하고 있었네. 정말 왜군이 쳐들어왔는가?"

"네, 마님. 수많은 왜군이 쳐들어와서 부산진성과 동래성이 함락되었다고 합니다요."

"그, 그게 정말인가요?"

월아도 걱정스러운 표정을 지으며 물어봅니다.

"그렇다는구나. 원서가 자세한 사정을 알아보기 위해 대감님을 만나러 의정부로 갔으니 정확한 소식을 가지고 오겠지."

"어머니, 참말인가 봅니다."

송씨 부인의 얼굴이 새파래졌습니다.

"이 일을 어찌하면 좋단 말인가. 전쟁은 아니어야 할 텐데……."

금옥이의 혼잣말에는 간절함이 베여 있습니다.

뛰듯 걸어 의정부로 간 원서는 한참을 기다려 성이를 만났습니다.

"대감님, 왜군이 쳐들어왔다는 게 사실입니까요?"

성이가 원서를 보며 굳은 얼굴로 물었습니다.

"왜국은 오래전부터 전쟁을 준비했네. 저들은 신무기인 조총을 가지고 있네. 당연히 우리가 쓰는 칼보다 강하지. 이미 부산의 성들이 왜군에게 함락되었다고 하니, 머지않아 이곳 한양도 위험할 것 같네."

"설마 그렇게까지 될까요?"

"왜군이 수십만이나 된다고 하네. 지금의 상태론 결코 저들을 이길 순 없네. 가족을 부탁하네."

"네, 대감님."

성이의 얼굴에 어둠이 가득했습니다. 돌아오는 길에 원서는 목면산[56] 봉수대에서 올라온 봉화 연기 네 개를 보았습니다. 저잣거리의 사람들은 처음 보는 봉화 연기 네 개에 삼삼오오 모여 수군거리며 불안해했습니다.

"침범이라니, 왜군들이 어디까지 쳐들어왔기에……."

원서는 이 소식을 전하기 위해 쉬지 않고 바삐 걸었습니다.

"마님, 다녀왔습니다요."

"그래, 성이가 뭐라 하던가?"

"이곳 도성도 위험하다고 했습니다요."

"서, 설마 도성까지."

"제가 피할 곳을 알아보겠습니다요."

56) 목면산: 지금의 남산을 말함

성이의 말은 사실이 되었습니다. 신립 장군이 탄금대[57]에서 왜군들과 싸웠으나 크게 패했습니다. 결국 신립 장군은 절벽에서 떨어져 죽고 말았습니다. 이제 도성인 한양도 위험한 상황이었습니다.

비가 내리던 어느 새벽, 궁궐에서 갑자기 불길이 치솟았습니다.

"마님, 임금님이 몽진[58]을 했다고 합니다요."

원서의 외침에 놀란 금옥이가 방문을 열었습니다.

"그게 무슨 말인가? 임금님이 어디로 가셨다고 하던가?"

"개경(개성)으로 몽진했다고 합니다요."

"저 불길은?"

"임금님이 몽진을 떠나자, 성난 백성들이 궁궐에 불을 놓은 것입니다요."

불길이 치솟는 궁궐 쪽을 보며 금옥이가 중얼거립니다.

"성이는 어찌 되었을꼬?"

57) 탄금대: 충청북도 충주시 서북부의 대문산에 있다. 우륵이 제자들을 가르치며 가야금을 타던 곳인데, 임진왜란 때 신립 장군이 이곳에서 왜적과 싸우다 전사했다.

58) 몽진: 난리를 피하여 안전한 곳으로 감.

"대감님은 최 선비님과 함께 임금님을 모시고 개경으로 가셨습니다요. 마님, 이제 피난을 가셔야 합니다요."

원서는 미리 준비한 봇짐들을 홍이 아범과 손이 아범에게 맡기고 자신은 뒤를 따라가겠다고 했습니다. 금옥이와 사람들이 가는 곳은 원서가 미리 봐 둔 '샛골'이라는 곳이었습니다. 송씨 부인은 금옥이의 손을 잡고 여이와 월아, 소이 댁은 모두 아이를 업었습니다.

산속 깊은 곳이라 가는 길은 험했습니다. 희뿌윰하게[59] 날이 밝을 때까지 걸어 원서가 미리 봐 둔 움막에 도착했습니다. 겨우 짐을 풀고 쉬려고 하는데, 갑자기 산적이 나타났습니다. 산적은 칼을 휘두르며 소리쳤습니다.

"죽기 싫으면 가진 것을 다 내놓아라."

산적의 호통에 홍이 아범이 나섰습니다.

"깊은 산골에 있어서 모르나 본데, 지금 왜군이 쳐들어와 임금님도 몽진하였소. 그래서 우리도 피난을 온 것이오."

---

59) 희뿌윰하다: 조금 희고 뿌옇다

"나는 그런 건 모른다. 어서 가진 것이나 내놔라."

산적이 홍이 아범의 목에 칼을 겨누었습니다. 그때였습니다. 숲속 어딘가에서 천둥 같은 고함이 울려 퍼집니다.

"그만두지 못하겠느냐!"

숲에서 뛰어나온 사람은 원서였습니다. 원서는 바위를 돌아서 올라와 칼 등으로 산적들을 제압했습니다.

"왜군들이 쳐들어와 나라가 위태로운데 이게 뭐 하는 짓이냐."

원서가 호통치자 산적이 벌벌 떱니다.

"살, 살려 주십시오. 탐관오리들의 수탈에 어쩔 수 없이 산적이 되었습니다."

"원서야, 그만두어라. 저도 한때는 선량한 백성이었을 것이다."

금옥이의 말에 원서가 칼을 칼집에 넣습니다.

"어서 가거라."

"저……. 산채[60]로 가시지요. 여기보다 안전하고 좋습니다요"

산적의 말에 한참 후, 금옥이가 고개를 끄덕입니다. 산채는 노

---

60) 산채: 산에 돌이나 목책 따위를 둘러 만든 진터.

인과 아이, 남자들도 많아 여느 마을과 다름없었습니다. 금옥이를 비롯한 사람들은 산채에서 전쟁이 끝나기를 기다렸습니다.

11. 귀양

어느새 여름이 가고 매미 소리도 숨을 죽일 무렵, 산채에도 가을이 찾아왔습니다.

나무도 잎을 빨갛게 물들였고 예쁜 쑥부쟁이꽃도 피었습니다. 아이들이 뛰어노는 산채는 여느 마을처럼 평화롭습니다. 푸성귀를 다듬고 땔감을 마련하는 사람들과 어울려 즐거운 나날을 보내던 원서는 문득 바깥소식이 궁금해집니다.

"마님, 제가 한양 집에 한 번 다녀오겠습니다요."

"혼자 가면 위험하지 않겠느냐?"

금옥이가 걱정스러운 얼굴로 물었습니다.

"산채에 있는 사람 몇 명과 함께 가기로 했습니다요."

"그럼 조심해서 다녀오너라."

"예, 마님."

원서는 힘센 사람 몇 명과 함께 길을 떠납니다. 왜군이 휩쓸고 간 한양은 처참하기 그지없습니다. 수많은 사람이 죽었고 불에 탄 집과 무너진 집들도 많습니다.

좁은 골목을 돌고 돌아 마님 집에 이르니 다행히 마님의 집은 그대로였습니다. 대문을 열고 집 안으로 들어가려던 원서는 불길한 예감이 들어 담을 넘었습니다. 높은 담이라 쿵! 소리가 났고 순간, 집을 지키고 있던 왜군이 원서를 보고 놀라 조총을 겨눕니다. 원서는 재빨리 허리춤에서 단도를 꺼내 왜군에게 던집니다.

"윽!"

조총을 겨눈 왜군이 짧은 신음을 내며 쓰러집니다. 원서는 방으로 뛰어 들어갑니다. 방에는 여러 명의 처녀가 갇혀 있습니다. 처녀들은 원서를 보자 눈물을 흘립니다.

"저희를 왜국으로 끌고 가려고 했어요. 제발 살려 주세요."

원서는 같이 온 사람들에게 처녀들을 산채로 피신시키게 했습니다. 그러고는 전쟁에 관한 소식을 알아보려고 한약방에 들러

봅니다. 그러나 한약방은 텅 비어 있었고, 저잣거리 곳곳을 다녀 보아도 사정은 마찬가지입니다.

다시 산채로 돌아가기 위해 피맛골[61]로 들어서는데, 불탄 집에서 인기척이 들립니다. 가만히 다가가 보니 한 사내가 웅크리고 있습니다.

"이리 나오시오!"

원서의 목소리에 사내가 쭈뼛거리며 망설입니다.

"괜찮소. 날 믿으시오. 빨리 여길 빠져나가야 하오."

원서가 사내에게 손을 내밀자, 잠시 긴장한 얼굴을 하더니 그도 가만히 손을 내밉니다.

두 사람은 왜군의 눈을 피해 산채로 돌아왔습니다. 사내는 보부상이어서, 전쟁에 관한 소문을 많이 알고 있습니다.

"여보게. 혹시 전쟁에 관해 소문을 들은 것이 있는가?"

금옥이의 물음에 사내가 천천히 말합니다.

"명나라군의 도움으로 평양성을 되찾았습니다. 그래서 의주까

---

61) 피맛골: 말을 피한다는 뜻으로 조선 시대에 높은 관리들의 행차를 피해 평민과 낮은 벼슬의 관리들이 다니던 골목길.

지 피난 가셨던 임금님이 평양성으로 오셨다고 합니다. 육지에서는 진주 목사 김시민과 전라 순찰사 권율, 의병인 곽재우, 김덕령, 사명대사, 서산대사 같은 분들이 싸우고 있고, 바다는 이순신 장군이 지키고 있다고 합니다."

"오, 고마운 일이구나. 이 나라를 왜놈들에게 빼앗길 순 없지."

금옥이가 가슴을 쓸어내립니다.

"그런데 한양에 왜군이 많지 않은 이유는 무엇 때문인가?"

원서가 보부상에게 묻습니다.

"관군과 의병, 이순신 장군의 활약으로 왜군이 궁지에 몰렸기 때문입니다. 그런데 왜군이 행주산성을 공격할 거라는 소문을 들었습니다."

"행주산성이면 전략적[62] 요충지[63]라 꼭 이겨야 하는데……."

원서의 중얼거림에 사람들의 마음도 기도하듯 간절해졌습니다.

얼마 후, 한양으로 상황을 살피러 간 산채 사람들이 반가운 소

62) 전략적: 전쟁을 전반적으로 이끌어 가는 방법이나 책략에 관한 것.

63) 요충지: 지세가 작전하기에 유리하게 되어있어 군사적으로 아주 중요한 장소

식을 듣고 왔습니다. 왜군들이 행주산성 전투에서 크게 패해 명군과 관군에 쫓겨 충주로 도망을 쳤다는 것이었습니다.

"마님, 이제 한양으로 돌아가도 괜찮을 것 같습니다."

다시 한양으로 돌아온 금옥이는 비워두었던 집을 수리하며 전쟁이 끝나길 기다렸습니다. 몇 달 후 성이와 최 선비도 집으로 돌아왔습니다.

"서방님, 얼마나 고생이 많으셨나요?"

송씨 부인이 까칠한 얼굴을 한 성이를 맞이합니다.

"괜찮소. 힘들긴 했어도 새로운 희망을 보았다오."

"전쟁 통에 무슨 희망을 봤다는 것이냐?"

금옥이가 성이의 말을 듣고 묻습니다.

"우리는 선조의 아들이신 광해군을 모시고 여러 지역을 찾아다니며 의병을 모았답니다. 그런데 백성들이 목숨을 걸고 너도나도 나서는 것이었습니다."

"그랬군요. 우리 백성이 희망이라는 말이군요."

송씨 부인이 감격스러운 얼굴로 말합니다.

"심지어 행주산성에서는 여인들이 앞치마에 돌을 담아 나르며 권율 장군을 도왔답니다."

최 선비가 성이의 말을 덧붙입니다. 그런데 성이가 갑자기 심각한 얼굴을 지으며 송씨 부인에게 말합니다.

"사실은……. 내가 왜군에게 포로로 잡혔다가 탈출한 일이 있었소."

"포, 포로로 잡히셨다고요?"

송씨 부인이 깜짝 놀랍니다.

"그렇소. 광해군께서 잡히시는 것보다 내가 낫지 않겠소? 달음박질치는 것도 내가 더 나을 것이고 그 덕분에 이렇게 무사히 돌아오지 않았소? 허허허."

성이가 큰 소리로 웃자 송씨 부인의 얼굴도 밝아집니다.

그런데 재침략의 기회를 엿보던 왜군이 다시 쳐들어왔습니다. 이순신 장군이 노량해전에서 왜군을 맞아 전투하던 중 관음포에서 왜군의 총에 맞아 전사하였으나, 조선 수군은 적의 군함 2백여 척을 격파했습니다. 이로써 1592년에 시작된 전쟁은 2598년에야 막을 내렸습니다. 순천과 사천, 울산 등의 왜성에 숨어있던 왜군들은 노량해전의 혼란을 틈타 부산에 모였다 자기 나라로 도망갔습니다.

유성룡은 임진왜란이 일어나자 왕의 특명으로 영의정에 올랐으나 전쟁이 어려워지면서 파직되었습니다. 그러나 그는 삼도 도체찰사라는 직책을 다시 맡게 되어 의병을 모집하고 훈련도감을 설치하여 군대를 편성하여 공을 세웠습니다. 신임을 얻은 유성룡은 영의정 자리를 되찾았으나 일본과의 화친을 주도했다는 누명을 썼습니다. 이때 오래전부터 불만을 품고 있던 관리들이 탄핵 상소를 올리자 임금님은 고심 끝에 그를 파직시켰습니다.

성이는 너무나 안타까웠습니다. 유성룡이 예전에 자신에게 했던 당부가 떠올랐습니다.

"성심을 다해서 일하라 하셨는데……."

결국 유성룡은 억울함을 안고 고향인 하회마을로 낙향하여 숨어서 지내며 임진왜란의 회고록인 〈징비록(懲毖錄)〉을 저술했습니다. 그러는 동안 누명이 벗겨져서 관직이 회복되었으나 그는 왕의 부름을 거절하고 고향을 지키다가 66세로 눈을 감았습니다.

"마님, 서, 서애 대감님께서 돌아가셨다고 합니다요. 지금 저잣거리의 사람들이 모두 울고 있습니다요."

손이 아범의 목소리에도 울음이 섞여 있습니다.

"그분께서 기어이……."

"징비록을 지으시느라 무리를 하셨다고 합니다요."

금옥이는 울음을 참으려는 듯 입술을 꽉 깨물었습니다.

이미 광해군이 세자로 책봉되었으나 계비 인목왕후가 영창대군을 낳자 선조는 정궁[64]의 자식을 책봉할 것을 영의정 유영경 등과 비밀리에 의논했습니다.

결국 왕위 계승을 둘러싸고 광해군을 지지하는 대북파와 영창대군을 지지하는 소북파 간의 암투가 시작되었습니다.

그러나 선조 임금께서 갑자기 돌아가시는 바람에 광해군이 예정대로 왕에 올랐습니다. 대북파는 권력을 확고하게 하기 위해 영창대군을 옹립하려 한다는 구실을 대고 소북파를 축출해나갔습니다.[65]

성이는 박동량, 한응인, 신흠, 한준겸, 유영경, 허성과 함께 유교 7신의 한 사람으로 선조 임금으로부터 영창대군을 잘 보호해 달라는 부탁을 받은 바 있습니다. 유교7신은 자연히 대북파의 질

---

64) 정궁: 왕비를 후궁에 상대하여 이르는 말.

65) 광해군 때 대북(大北)세력이 영창대군 및 반대파 세력을 제거하기 위하여 사건으로 '계축옥사'라고 부른다.

시의 대상이 되었습니다. 결국 성이도 광해군을 몰아내려 했다는 죄명을 받고 단양으로 귀양을 가게 되었습니다.

금옥이는 무너지는 마음을 바로 세우며 원서에게 말합니다.

"성이가 탄 우마차가 지금 어디에 있는지 알아보아라."

원서가 나가서 알아보고 숨을 헐떡이며 뛰어 들어옵니다.

"마님, 곧 집 앞을 지나갈 것입니다."

원서의 말에 송씨 부인과 금옥이는 서둘러 준비해 둔 약밥과 약과를 들고 밖으로 나갑니다. 원서의 말대로 멀리서 우마차가 오고 있습니다. 송씨 부인이 금옥이에게 귓속말을 합니다.

"어머니, 우마차가 옵니다."

마침내 우마차가 집 앞에 이르자 성이가 우마차 안에서 눈물을 흘립니다.

"어머니. 소자의 불효를 용서하옵소서."

"아니다. 어찌 너의 잘못이겠느냐? 마음을 단단히 먹어라."

금옥이가 성이의 손을 잡으며 당부했습니다. 금옥이의 눈에서 눈물이 하염없이 흘러내립니다.

"서방님……."

송씨 부인도 눈물을 쏟습니다. 다시 우마차가 움직입니다. 원서가 봇짐을 지고 나섭니다.

"자, 이거 가지고 가거라."

금옥이가 보자기에 싼 약밥과 약과를 원서에게 내밉니다.

"마님, 제가 가서 대감님을 모실 것이니 염려하지 마십시오."

삐걱거리는 우마차 소리가 멀어져도 금옥이는 성이가 아직 곁에 있는 듯해 우두커니 서 있습니다.

12. 서해를 만나러 가는 길

최 선비가 오늘도 사랑방에서 책을 읽고 있습니다. 얼마 전까지만 해도 아침이면 관복을 입고 등청[66]했지만, 이젠 그렇지 않습니다. 최 선비의 묵직한 목소리가 마루까지 흘러나옵니다. 월아가 방문 앞에서 수정과를 쟁반에 받쳐 들고 서서 최 선비를 부릅니다.

"서방님, 들어가도 되는지요?"

"들어오시오."

66) 등청: 관청에 출근함.

월아가 방으로 들어가 조심스럽게 수정과를 내려놓습니다. 최 선비가 한동안 말없이 있더니 이윽고 입을 엽니다.

"서애 대감도 세상을 뜨시고, 약봉마저 귀양을 가고 나니 관직에 나간 것이 후회가 되오. 이제 서책이나 보면서 아이들을 가르치며 살고 싶소."

"서방님 뜻대로 하십시오. 저는 그저 서방님을 따를 뿐입니다."

월아의 말을 듣더니 최 선비가 환한 웃음을 짓습니다.

"고맙구려. 내 마음을 헤아려 주니……."

그제야 최 선비가 수정과 그릇을 듭니다. 최 선비는 수정과를 마시며 허허 웃습니다. 월아도 최 선비를 따라 웃습니다.

가을걷이가 끝나갈 즈음, 성이에게 편지가 왔습니다.

"마님, 보부상이 대감님의 서신을 가지고 왔습니다요."

홍이 아범이 들뜬 목소리로 금옥이를 불렀습니다.

금옥이가 편지를 받아 곁에 있는 송씨 부인에게 건네줍니다.

"어서 읽어 보아라."

"예, 어머니."

어머니, 소자 성이입니다. 그동안 잘 지내셨는지요?

저의 유배 생활은 원서로 인해 한결 수월합니다.

또 고을 사또가 저와 동문수학하던 벗의 친척이어서 도움도 받고 있습니다.

얼마 전에는 소호헌에서 사람이 찾아와서 오랜만에 정을 나누었습니다.

어머니, 이제 새벽에는 문틈으로 찬바람이 들어옵니다.

곧 겨울이 올 것 같습니다.

문틈으로 찬바람이 들어오지 않게 문풍지를 넓게 바르세요.

그래도 경우[67]어미가 어머니 곁에 있어, 소자는 한시름 놓습니다.

또 편지 올리겠습니다. 건강 조심하셔요.

서신을 읽은 송씨 부인의 눈가에 이슬이 맺혔습니다. 금옥이도 얼굴을 돌리고 눈물을 훔칩니다. 금옥이와 송씨 부인의 눈물에는 남편과 아들을 향한 사랑이 녹아 있습니다.

최 선비는 곧 서당을 열었습니다. 아이들이 최 선비를 따라 글을 읽으면 집 안 가득 글 읽는 소리로 가득 찹니다. 개굴개굴 우

67) 서성의 아들 서경우를 말한다. 서경우는 39세에 암행어사가 되었고 우의정을 지냈다.

는 개구리 소리 같습니다.

이제는 전쟁의 상처도 아물어 예전처럼 많은 사람이 약밥과 약과, 약주를 사러 금옥이 집을 찾아왔습니다. 금옥이는 처음 장사할 때처럼 마음이 설렜습니다.

월아와 여이는 늘 분주하게 움직였고, 송씨 부인도 곁에서 거들었습니다. 그렇게 몇 해가 흐르는 사이 성이의 유배지도 여러 번 바뀌었고 1623년에는 이귀, 김유 등 서인 일파가 정변을 일으켜 광해군을 폐위시키고 인조를 왕위에 앉히는 사건이 일어났습니다.

"어서, 마님을 사랑채로 모셔 오시오. 어서."

오랜만에 바깥나들이를 하고 돌아온 최 선비가 월아에게 소리칩니다.

"서방님, 왜 그러셔요? 혹 무슨 일이라도 있으셔요?"

"있다마다요, 어서 마님을 모셔 오시오. 그럼 알 것이오."

평소와 달리 환한 얼굴을 한 최 선비의 모습에 월아가 어리둥절합니다.

월아는 금옥이가 있는 부엌으로 서둘러 걸음을 옮깁니다.

"마님, 최 선비가 드릴 말씀이 있다고 합니다요."

"그것이 무엇이더냐?"

"그건 저도 모르겠습니다요. 한데 좋은 일 같습니다요."

"좋은 일이라고?"

월아는 궁금해하는 금옥이의 손을 잡고 사랑채로 향합니다.

"마님, 지난밤에 새로운 임금인 인조께서 왕위에 오르셨다고 합니다. 이번 일로 서성 대감의 유배도 풀려날 것입니다."

"저, 정말입니까? 선비님."

금옥이는 꿈만 같아 어찌할 바를 모릅니다.

11년의 유배 생활을 끝내고 집으로 돌아온 성이는 관직에 복직[68] 되어 나랏일을 하게 되었습니다. 약봉의 큰아들 경우는 과거 시험에 합격하고 장가를 들었고, 넷째 아들 서경주는 선조 임금의 딸인 정신 옹주[69]와 결혼하여 부마[70]가 되었습니다. 금옥이는

68) 복직: 물러났던 직위나 직장에 다시 돌아감

69) 옹주: 조선시대, 임금의 후궁에게서 난 딸을 이르던 말

70) 부마: 예전에, 황제나 임금의 사위에게 주던 칭호

손자며느리가 된 옹주님의 손을 잡고 기뻐합니다.

어느 날 금옥이는 월아와 여이, 홍이 아범과 손이 아범, 소이 댁을 불러 앉혀 두고 말합니다.

"내가 너무 늙어 장사를 그만둘까 하네."

금옥이의 말을 듣고 모두 숙연한 얼굴을 합니다. 잠시 후 침묵을 깨고 금옥이가 다시 말합니다.

"누가 장사를 이어받겠는가?"

그 말에 모두 놀라는 얼굴을 합니다.

"아무래도 여이와 월아가 이어받는 게 좋을 듯합니다. 마님의 곁에서 일했으니까요."

홍이 아범과 손이 아범이 머리를 조아립니다.

"그래. 나도 그렇게 생각하고 있었다. 여이와 월아가 맡아 준다면 더없이 고맙겠구나. 홍이 아범과 소이 댁, 손이 아범도 힘껏 도와주시게나. 그리고 모두에게 재산을 떼어 줄 터이니 그 돈을 밑천 삼아 열심히 살도록 하게."

금옥이의 말에 월아와 여이, 소이 댁이 고마운 마음에 눈물을 흘립니다.

이튿날 금옥이 집에서는 큰 잔치가 열렸습니다. 많은 사람이

찾아와 약밥과 약과, 약술을 마시며 즐거워합니다.

금옥이는 몸이 예전 같지 않음을 느낍니다.

어느 추운 겨울밤, 금옥이의 꿈속에 오래전 하늘나라로 간 서해가 찾아옵니다.

서해는 온화한 모습으로 금옥이에게 손을 뻗습니다.

"그동안 수고 많으셨소. 이제 그만 갑시다."

"서, 서방님."

금옥이가 팔을 뻗어 서해의 손을 잡습니다. 순간 수많은 들꽃이 핀 아득한 길이 열리고 그 길로 두 사람이 나란히 걸어갑니다. 꽃들 사이를 날아다니던 나비가 금옥이의 팔에 앉자 하늘에 무지개가 뜹니다. 서해와 함께 걸어가던 금옥이가 잠시 뒤를 돌아봅니다.

'흠~.' 하며 마지막 숨을 내뱉는 자신의 모습이 보입니다.

금옥이는 다시 서해와 함께 앞을 보고 걸어갑니다. 멀리서 달려온 환한 빛이 서해와 금옥이의 앞길을 밝게 비춰 줍니다.

작품 들여다보기

'서지약봉'이라는 말이 있다. 이는 '서씨 중에서는 약봉 자손이 잘되었다.'라는 말이다. 약봉 서성은 요즘으로 말하면 총리에 비유될 수 있다. 그는 판중추부사, 병조판서 등을 역임했으며 임진왜란과 정묘호란 때에는 왕을 호종하였으니 그 업적이 남다르다. 그런데 그의 직계 후손에서도 정승이 무려 9명이나 배출된다. 수많은 핵심 인재를 배출했으니 약봉 가문은 최고의 인재 산실이었다고 할 수 있겠다.

그렇다면 약봉 가문을 이처럼 번성하게 만든 배경은 무엇인가? 그것은 바로 450여 년 전 약봉의 어머니, 이씨 부인의 헌신적인 노력 덕분이다. 이 책에서 '금옥이'인 이씨 부인은 청풍군수를 지낸 이고의 무남독녀이다. 그러나 불행하게도 어릴 적에 여종이 모르고 부자탕으로 얼굴을 씻기는 바람에 시력을 완전히 잃었다. 퇴계의 문하생이었던 함재 서해는 이씨 부인이 시각장애인인 줄 모르고 혼인했지만, 그녀를 기꺼이 받아들인다.

얼마 후 그들 사이에서는 아들 서성이 태어나나, 불행하게도 서해는 아들이 3살 때인 23세 때 요절하고 만다.

부모도 일찍 여읜 데다 남편까지 잃은 이씨 부인은 목숨을 끊을까도 생각했지만, 서성을 보며 마음을 다잡는다.

그녀는 남편의 삼년상을 마친 후 일대 결단을 한다. 서성의 교육을 위해 한양으로 거처를 옮기기로 한 것이다. 그녀는 한양으로 올라와 약고개라는 곳에 28칸짜리 집을 짓고 억척스럽게 약식과 약과, 약주를 만들어 팔기 시작한다. 이씨 부인은 집에 약봉이라고 이름을 붙였는데, 후에 서성의 호가 약봉인 것은 여기에서 유래된 듯하다. 이씨 부인은 서성을 당시 대학자인 율곡 이이의 문하생으로 들여보내고 뒷바라지를 위해 최선을 다한다. 서성은 어머니의 바람을 저버리지 않고 열심히 공부하여 29세 때 문과에 급제해 관리의 길로 들어선다.

이 책은 약봉 선생과 그의 어머니 이야기이다. 이씨 부인은 장애가 있어 자신의 삶도 힘든 상황이었지만, 매사에 적극적인 태

도로 삶을 살아간다. 뿐만 아니라 모두에게 덕으로써 대한다. 이씨 부인은 안동을 떠날 때 재산을 정리하여 그 일부를 노비들에게 나누어 준다. 한양에 와서도 살림이 어려워 장사를 해야 했지만, 나눔의 삶을 실천한다. 어려운 선비들을 도와 열심히 공부할 수 있게 해 준 것이다. 이씨 부인은 서성에게 다른 사람을 이기라고 교육하지 않고 다만 열심히 공부하여 착한 일을 하라고 말한다.

모두가 착한 일을 하기 위해 공부하고 열심히 일한다면 세상은 얼마나 아름다워질까? 청소년들이 이씨 부인의 가르침을 마음에 깊이 새기었으면 좋겠다.

김숙분(아동문학가, 문학박사)